捨てられた花嫁は
エリート御曹司の執愛に囚われる

冬野まゆ

Mayu Touno

EB
エタニティ文庫

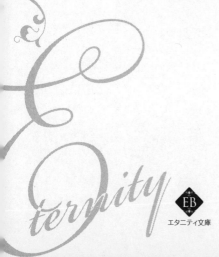

目次

捨てられた花嫁は
エリート御曹司の執愛に囚われる

プロローグ　ずっと貴方が好きでした

各種繊維製品の製造や加工を生業《なりわい》とする、株式会社千織《せんおり》。

一月の終わり、そのオフィスで、榎本奈々実《えのもとななみ》は、深く頭を下げて退職の挨拶《あいさつ》を口にした。

「お世話になりました」

そう言って顔を上げれば、視線の先には端整な顔立ちをした極上の男がいる。

頭を下げる奈々実の姿に、男性が書類を捲《めく》る指を止め、こちらへ視線を向けた。

切れ長で綺麗な二重《ふたえ》の目に、スッと伸びた鼻筋。薄い唇は人に話しかけられると、自然と柔和《にゅうわ》なカーブを作る。左右に分かれる前髪は癖毛なのか軽いウエーブがかかっていて、全体的に甘い雰囲気を醸《かも》し出している。

芸能人に負けず劣らずの整った容姿をした彼は、長身で均整の取れた体つきをしており、いつも上質で粋《いき》なデザインの三揃えを品よく着こなしていてかなりの存在感がある。

そんな彼に見つめられると、それだけでのぼせて眩暈《めまい》に襲われる女性社員もいるのだとか。

圧倒的な存在感を放ち全女性社員から王子様と囁《ささや》かれる彼だが、奈々実は容姿もちろんながら彼の声が特に魅力的だと思っていた。

——それと、遠矢《とおや》部長の目も好きだったな。

彼の瞳に自分の姿が映るのもこれで最後だと思うと、寂しさが込み上げてくる。

自分の心に刻みつけるように形のいい切れ長の目を見つめていると、遠矢部長こと遠矢篤斗《あつと》がフッと表情を緩めて息を吐いた。

「ああ、今日だったか」

篤斗は書類から手を離し、ワックスで後ろに流している前髪をクシャリと撫でる。

スーツの袖《そで》口から覗く洒落たデザインのカフスはイタリア製のものだろうと、他の女性社員たちが噂していたことを思い出す。それと共に手首の婚約者とのペアウオッチの存在が、奈々実の心をちくりと刺す。

「もしかして、忘れてました？」

冷たいなぁと、冗談めかして笑みを浮かべる奈々実だが、彼にとっての自分はその程度の存在なのだと痛感して胸が痛んだ。

奈々実を見上げながら、篤斗はからかうように笑った。

「冗談だ。大事な部下の門出《かどで》を、忘れるはずがないだろう」

低音の美声でそう告げた篤斗は「君に辞めてほしくないから、気付かないフリをしただけだ」と、魅力的な笑みを添えて付け足す。

なんともキザな言葉だが、彼が言うと悔しいほどにサマになる。

大人の男の魅力に溢《あふ》れる彼は、嫌味でなくキザという言葉がしっくりくるのだ。

そんな彼に真っ直ぐ見つめられて甘く囁《ささや》かれれば、条件反射のように頬が熱くなる。

だが新人の頃ならいざ知らず、社会人としてそれなりに経験を積んだ今の奈々実は、彼のリップサービスに舞い上がったりしない。

なにより、甘い台詞《せりふ》を口にするこの彼は、数ヶ月後にはこの会社からいなくなり、奈々実のよく知る女性と結婚するのだから。

「結婚おめでとう」

目尻に皺《しわ》を寄せ、心からの祝辞を述べる篤斗に、右手を差し出された。

「ありがとうございます」

その手を握り返しながら、この台詞《せりふ》を口にするのが、自分でなくてよかったとつくづく思う。

――私なら、部長に笑顔でおめでとうなんて言えなかったな。

もとは品質管理部にいた奈々実が、篤斗に引き抜かれる形で経営開発部に異動して二年。彼の部下として働く間、一方通行の不毛な片想いを続けてきた。

そんな彼への想いを諦めるために婚活パーティーに参加し、そこで出会った男性と付き合うことになったのは今から三ヶ月ほど前のこと。

その弘に、仕事を辞めて自分の転勤先について来てほしいとプロポーズされ、急な流れではあるが結婚退職を決めたのだ。

未だ胸に残る篤斗への未練を断ち切るように、奈々実は繋いでいた手を離した。

「しかし退職の挨拶《あいさつ》をするには、少し早いんじゃないか」

奈々実は周囲に視線を巡《めぐ》らせる。

昼休みの今は、オフィスに人の姿はまばらだ。奈々実と篤斗が所属する経営開発部の社員は、全員出払っている。

「皆さんには、終業時に改めてご挨拶《あいさつ》させていただきます。でも部長には、この二年、色々と挑戦させていただき、本当に楽しく仕事をさせてもらえましたので、個人的にちゃんとご挨拶《あいさつ》をしておきたかったんです」

篤斗が陣頭指揮を執る経営開発部に異動してからの二年、それまで三年間を過ごした品質管理部とはまったく違った責任の伴う仕事を多く任され、充実した日々を送らせてもらった。

突然の異動に戸惑う奈々実に、篤斗は「臆することなく挑めばいい」「楽しめ」と背中を押してくれたのだった。それでいて、トラブルが生じた際には、部下に責任を押し付けることなく一緒に対応してくれる。

理想的な上司である篤斗の下で働くことで、奈々実は責任を持って仕事をすることの楽しさを学ばせてもらった。

この経験は、きっと奈々実の人生の財産となるだろう。

それだけで十分と、決して成就することのない恋心に蓋《ふた》をして、再び頭を下げて踵《きびす》を返そうとした。

だが篤斗に手首を掴まれ、その動きを止める。

「――ッ」

驚いて自分の手首を掴む篤斗に視線を向けると、彼が目を細めて微笑みかけてきた。

「よかったら、俺に大切な部下の門出《かどで》を祝わせてもらえないか」

「……？」

意味がわからずに軽く首をかしげる奈々実に、篤斗が囁《ささや》くような声で「二人で送別会をしよう」と言った。

「最後だし、一杯くらいならいいだろ」

クシャリと目尻に皺《しわ》を寄せる姿は、悪戯《いたずら》を持ちかける悪ガキのようだ。

普段、大人の男の魅力に溢《あふ》れる彼の少年のような一面を見せられ、諦めたはずの恋慕の情が顔を出しそうになる。

「俺の名前で予約しておくから、仕事が終わったらおいで」

それだけ言うと篤斗は奈々実の手を離し、書類に視線を戻してしまった。

断られることなど考えていない彼の態度に、女性を誘うことへの慣れを感じる。

見目麗《うるわ》しく大人の男の色気に溢《あふ》れる彼は、傘下であるこの会社に出向してきている大手総合商社の御曹司だ。

そんな彼とお近付きになりたいと願う女性社員は後を絶たなかったが、彼がその誘いに乗ることはなかった。

そんな篤斗の態度を、大方の社員はいずれ本社に戻るため自分たちとは一線を引いているのだろうと受け止めていたが、事実は少し違う。

――彼には結婚を約束している女性がいるからだ。

「……」

「来るまで待っている」

奈々実がなにか言うより早く、篤斗からダメ押しされる。そのタイミングで、昼食を取りに出ていた同僚が戻って来て、二人の会話は途切れてしまった。

まるで今の会話がなかったかのように、篤斗は仕事を始めてしまっている。

結局、奈々実は断りの言葉を口にし損ね、自分のデスクへと引き返すことになった。

一度タイミングを逃してしまうと、改めて彼の誘いを断りに行くのも、なんだか自意識過剰な気がする。

どうしたものかと、奈々実はバレッタで一纏《まと》めにしている髪の後毛《おくれげ》を指先で弄《もてあそ》んだ。

おそらく篤斗は、純粋に上司として部下の門出《かどで》を祝いたくて奈々実を飲みに誘ったのだろう。もちろん自分だって、なにかを期待しているわけではない。

それならば東京で過ごした最後の思い出に、お世話になった上司と一緒にお酒を飲む時間くらいなら許されるだろう……

大学卒業から今日まで働いてきた会社を去る寂しさも手伝って、デスクに腰を下ろす頃にはそう結論づけた。

1　この愛の価値

午後の業務が始まると、篤斗は部下を連れて外出してしまった。

先週までは、奈々実も彼の外回りに随行することが多かった。

これまでの日常を手放すことに一抹《いちまつ》の寂しさを覚えつつ、引き継ぎ処理を済ませた奈々実は、手持ち無沙汰からシュレッダー行きの書類が詰まった箱を抱えてオフィスの隅へ向かった。

気持ち程度の防音措置として壁とパーティションに囲まれた場所で、シュレッダーに次々と書類を流し込んでいく。

ガガガ……と、低いモーター音を響かせて裁断されていく書類を眺めつつ、奈々実は髪を纏《まと》めているバレッタを外し、背中の中程まである艶《つや》のある髪を手櫛《てぐし》で整え首を揉む。

邪魔にならないようにと、業務中は髪を一纏《まと》めにしているのだが、留め方が悪かったのか、今日は何度留め直しても妙に皮膚が引っ張られている感じがして落ち着かない。

髪を留め直したタイミングで、ふと誰かの視線を感じた。

「……？」

顔を上げると、首をかしげてこちらを覗いている女性の姿があった。

栗色に染めた髪に緩ふわパーマをかけた彼女は、奈々実と目が合うと、可愛らしい二《ふた》重《え》の目を細めて笑う。

「奈々実ちゃん、ここにいたんだ」

「相原《あいはら》さん……」

ひょこりと跳ねるようにしてパーティションのこちら側へ入ってきた彼女に、奈々実はぎこちなく微笑んだ。

「探したんだよ」

相原千華《ちか》は後ろに手を組み、人懐《なつ》っこい笑みを浮かべて奈々実に歩み寄る。

そして奈々実の前に立つと「ジャジャン」と、手を前に差し出してきた。

その手には、有名なガラス工房の紙袋が下げられている。

「私からの結婚祝いのプレゼント。ペアグラスだから、旦那さんになる人と一緒に使ってね」

砂糖菓子のような甘い声でそう言われ、奈々実の眉尻が下がる。

「引っ越し荷物が増えると大変だからって、皆からのお祝いは商品券って決まったけど、それじゃあやっぱり味気ないから。これは私からの個人的なお祝いね」

そう言って彼女が腕を伸ばすと、ブラウスの袖口《そで》からシックなデザインの腕時計が覗いた。

篤斗の手首にあった腕時計と同じデザインのそれを見るともなしに見つめ、差し出された袋を受け取る。

社長秘書である千華は、奈々実にとって数少ない同期だ。この会社の社長令嬢でもある彼女から「他の人には内緒だけど」と前置きされた上で、篤斗と結婚する予定だと打ち明けられた日のことを思い出す。

それで奈々実は、篤斗へ想いを打ち明けることのないまま玉砕《ぎょくさい》したのだった。

「ありがとう」

甘い砂糖菓子のような笑い方をする千華は、同性の奈々実の目から見ても素直に可愛いと思うし、篤斗が彼女をパートナーに選んだのも納得がいく。

「相原さんと遠矢部長の結婚はいつ頃になりそう？」

胸の痛みに気付かぬフリをして、奈々実は千華に問いかける。

千華は可愛らしく首をすくめて周囲を見渡すと、人差し指を唇に添えて笑った。

「それはまだ内緒」

そう言った千華の顔は喜びを隠せていない。

「ごめん」

「私も彼も色々立場があって、まだ正式な公表はできないの」

その言葉に、奈々実はごもっともと、肩の動きで謝っておく。

「じゃあ、お幸せに」

そう言い残して、千華は手をヒラヒラさせて仕事に戻っていった。

可愛い千華の笑顔と、彼女の手の動きに合わせて揺れる腕時計を見ていた奈々実は、ため息を吐いて作業を再開する。

そこでふと、婚約者である千華には、この後篤斗と一緒に飲むことを報告しておいた方がよかったのではないかと考えた。だがすぐに、変に誤解されても嫌だし、追いかけてまで報告することでもないと思い直す。

「ただの送別会だし……」

仕事の最終日に憧れの上司と一杯飲みにいく。それだけのことに、あれこれ気を回してしまう自分の反応が過剰すぎるのだ。

豪快な音と共に裁断されていく書類を眺め、自分の恋心もこんなふうに粉々に消えてなくなればいいのにと考え、奈々実はため息を漏らす。

篤斗が告げた店は、奈々実も接待で何度か使ったことのある和風ダイニングだった。コースを頼めばそれなりの値段になるが、単品料理とビール一杯程度なら、そこまで高額にはならないだろう。

そんなことを考えつつ店を覗くと、篤斗の姿はなかった。

定時までに外回りから帰ってこなかったし、まだ仕事をしているのかもしれない。

想定の範囲内と、奈々実が篤斗の名前を告げると、仲居が戸口から見えるカウンター席の予約札を外した。

そこに腰を下ろすと、おしぼりを差し出してくる板前に、グラスビールを注文する。

すぐに運ばれてきた御通しとビールを前に、奈々実は篤斗のことを考えた。

自分が就職して間もない頃、千織の親会社であるアパレルメーカーが業績不振で子会社を売却したことにより、千織は篤斗の祖父が会長を務めるトウワ総合商社の傘下に入った。

それに伴い、業務立て直しのためにトウワ総合商社から派遣されてきたのが篤斗だ。派遣されてくるのが創業家一族の直系ということで、社内は騒然となり、さまざまな噂が飛び交った。

「そんな人が来るのなら、ウチは安泰だ」と安堵する声、「役立たずの御曹司が、厄介払いされてウチに送られてくるのではないか」と会社の未来を危ぶむ声が入り乱れていた。

実際に赴任してきた篤斗は、創業家の御曹司という肩書きに驕《おご》ることなく、これまでの千織のやり方をまず学び、それを尊重しつつ業務の改善を進めていった。反発する社員に対しては、根気よく相手の話に耳を傾け、双方の落とし所を模索していく。

篤斗のその姿勢を、護岸整備のようだと奈々実は思った。

蛇行して流れる川の流れを堰《せ》き止めることなく、淀《よど》みのない流れになるように正しい道筋へ整備していく。穏やかだが迷いのない彼のやり方は、好意的に受け取られ、瞬《またた》く間に千織で一目置かれる存在となった。

それほど注目される存在なので、奈々実も異動前から篤斗の存在をよく知っていた。

そんな彼の下で働けたことは幸せだったし、ビジネスの場で自分から積極的に動くことの楽しさを学んだ。

——彼のもとで経験したことは、きっとこの先の財産になる。

大事な宝物をもらったと胸元にそっと手を当てた時、頭上から甘く掠れた声が降ってきた。

「待たせたな」

声と共に、右隣の椅子が引かれる気配がする。

見ると、篤斗が羽織っていたコートを椅子の背もたれに掛けるところだった。その動きで、彼が纏《まと》ってきた冬の匂いが漂《ただよ》う。

仲居がコートを預かろうと側に来るが、篤斗はそれを丁寧に断った。

微かに上下する肩から、彼が急いで駆けつけたのだと伝わってくる。

——無理して時間を作ってくれたのかな……

コートを預けない状況から、本当に一杯だけ飲むつもりで来たのかもしれない。

寂しいが、現実はそんなものだと自分を慰《なぐさ》め、奈々実は口を開く。

「いいえ。私も今着いたところです」

とりあえずビールを頼んだ篤斗は、おしぼりで手を拭きながらそっと口角を持ち上げる。

「来てくれてよかった」

ビールを受け取りつつ、すぐに出る料理を数点頼んだ篤斗は、奈々実のグラスに自分グラスを軽く当ててビールを一口飲んだ。

「お腹は空《す》いてる？」

「あ、いえ。それほどは……」

突然話を振られ、どう答えるのが正解かわからず、しどろもどろになる。そんな奈々実の姿に楽しそうに目を細め、篤斗はグラスを口に運ぶ。

「じゃあ、軽く食べて出よう」

「あ、はい」

息を切らして駆けつけたくらいだ。きっとこの後にも予定があるのだろう。

――それなら無理して来てもらわなくてもよかったのに。

そう思う反面、彼のその律儀さがくすぐったくもある。

最後までいい上司だ、としみじみ思いながらグラスを傾ける奈々実に、篤斗が僅《わず》かに顔を寄せて囁《ささや》いた。

「榎本を連れて行きたいと思っていた店がある」

「……？」

キョトンとする奈々実に、篤斗は目を細めて笑う。

楽しげにグラスを傾ける彼の横顔に、自然と心が跳ねる。だが、グラスを持つ彼の左手首に巻かれた千華とお揃いの腕時計が、騒ぐ奈々実の心を冷静にした。

「どうかしたか？」

ぼんやり腕時計を眺める奈々実の視線に気付いた篤斗が問いかける。

――はじめから、叶うはずもない恋だったのだ。

奈々実は軽く肩をすくめてビールを飲む。

「なんだか、部長と二人だけでお酒を飲むのって、変な気分です」

ほろ苦いビールで未練を飲み込んでそう返すと、篤斗が困ったように笑う。

「もう部長じゃないだろ」

「確かに」

そうだった。

それではなんと呼べばいいかと迷う奈々実に、篤斗が屈託《くったく》のない視線を向けてくる。

「もう部下でも上司でもないんだから、下の名前で呼んでくれてもいいぞ」

篤斗は、さあどうぞと冗談っぽく顔を寄せてきた。

間近で見る彼は、今さらながらにつくづくイケメンだと思う。

彫りが深く、それぞれのパーツが実にバランスよく配置されている。そんなパーツの中でも、奈々実は特に切れ長の目と鼻筋が魅力的だと思うが、それ以上に意思の強さを感じさせる真っ直ぐな眼差しが好きだった。

背が高くほどよい筋肉のついた彼は、三十五歳という年齢を、余裕を感じさせる男の色気へと昇華させている。

そんな彼とこうして見つめ合い、ファーストネームを呼ぶことが許される人は、幸せだと思った。

——篤斗さん……

口には出せない彼の名前を、奈々実はそっと胸の中で呟いた。

「じゃあ、遠矢さんと呼ばせていただきますね」

慣れない呼び方に照れつつ奈々実が言うと、篤斗は満足そうに笑って姿勢を戻した。

適切に戻った二人の距離に、寂しさと安堵を感じつつ、奈々実もグラスに口をつけた。

軽い食事を済ませて店を出ると、篤斗は店の近くにあるバーへ奈々実を案内した。

メインストリートから離れた路地にあるその店は、重厚な木製の扉にローマ字表記で小さく店名が記されているだけの素気ない外観で、扉を潜《くぐ》ることを躊躇《ためら》わせる趣《おもむき》があった。

年配のバーテンダーと見習いらしき若いバーテンダーの二人で取り仕切る店内は、木目の美しい一枚板のカウンター席と二人がけのボックス席が二つあるだけのこぢんまりした構造だ。

控えめにジャズの流れる店内はシックな雰囲気で、大人の隠れ家といった印象を受けた。

常連らしい篤斗は、年配のバーテンダーとアイコンタクトを取り、慣れた様子でカウンターのスツールを引く。

「コート貸して」

奈々実にスツールへ座るように勧めつつ、篤斗が言う。

「それなら私が……」

そんなことを彼にさせるわけにはいかないと焦る奈々実に、篤斗は「こういう場所では、素直に男に甘えるのがマナーだよ」と、囁《ささや》いてコートを取り上げた。

「榎本は男に甘えるのが下手《へた》すぎる」

からかいまじりにそう話す篤斗は、女性を甘やかすのがうまそうだ。

この店に移動する時も当然のように奈々実の荷物を持ってくれたし、自然な動きでエスコートしてくれた。女性の扱いに慣れた様子の篤斗の態度に、男性経験の少ない奈々実は戸惑うばかりだ。

二人分のコートを壁際のハンガーフックに掛けた篤斗は奈々実の隣に腰を下ろし、自分用のブランデーと、奈々実にアルコール度数の低いカクテルを頼む。

接待や打ち合わせを兼ねた食事会などで何度か一緒に飲んだことがあったので、奈々実がそれほどアルコールに強くないことを知っていたらしい。

「こういうお店には、初めて来ました」

控えめな動きで店内を見渡した奈々実は、素直な感想を口にする。

大学時代から都内で暮らしているとはいえ、地方出身で倹約した生活を送ってきた奈々実には、こんな洒落た場所に足を踏み入れる機会はなかった。

「なるほど」

頬杖をついて奈々実を眺める篤斗が、意味深に目を細める。

控えめにしていたつもりだったが、興味津々《きょうみしんしん》で視線を巡《めぐ》らせていたことに気付かれたらしい。

「すみません」

小さく咳払いして、澄ました顔で背筋を伸ばす。そんな奈々実の反応に、篤斗が柔らかな表情を浮かべた。

「俺も、この店に人を連れて来たのは初めてだ。そんな顔を見せてもらえるなら、もっと早く連れて来てやればよかったな」

「……？」

甘く掠れた声で囁《ささや》くように言われると、口説かれているような錯覚を覚える。

普段から一つ一つの所作がサマになり、色気を感じさせる彼のことだから、本人には深い意味などないのだろうけど。

雰囲気に呑まれて過剰な反応をしてしまわないよう、奈々実は自分の心を落ち着かせる。

「部下じゃなくなった君を、この店に誘いたいと思ったんだ」

どれだけ舞い上がるなと心にブレーキをかけても、彼の言葉一つで体温が一気に上昇していく。

頬が熱く頭がのぼせて、どんな言葉を返せばいいのかわからない。

背の高いスツールの上で縮こまっている奈々実の前に、薄い桜色のグラデーションが綺麗なカクテルが置かれた。

続いて篤斗の前にブランデーが置かれる。

「改めて、結婚おめでとう」

そう言って篤斗がグラスを揺らすと、透明度の高い氷がカランと涼やかな音を立てる。

彼の言葉にグラスを揺らして応《こた》え、カクテルに口をつけた。

甘酸っぱい果実の味がするカクテルは口当たりがよく、暖房で乾いた喉を優しく撫でていく。

「榎本のことは買っていたから、退職は本当に残念だよ」

篤斗の言葉に、奈々実は恐縮しつつ首の動きでお礼を言う。

そんな奈々実に篤斗がからかいの視線を向けてくる。

「品質管理部にいた榎本の話を聞いた時から、俺は君のファンなんだよ」

「ああ……」

奈々実にとっては黒歴史なので、露骨《ろこつ》に顔を顰《しか》めてしまう。

篤斗の言う『話』とは、奈々実が品質管理部にいた頃、千織が親会社に売却されたことで不満を募《つの》らせる年配社員に噛みついた件である。

親会社の業績不振が原因とはいえ、年配社員の中には、これまでの自分たちの仕事を否定されたような気になっている者が少なからずいた。そんな中、買収先のトウワ総合商社が業務改善によこしたのは見目麗《うるわ》しい若い社員ときている。女性社員に騒がれる篤斗の容姿は、年配の男性社員たちの目には胡散臭《うさんくさ》いものに映ったらしく、急ピッチで新体制を整えていく篤斗に反発するようになっていた。

当時奈々実が籍を置いていた品質管理部の古参社員がその際たるもので、どこから得たのか篤斗が入社以来、ずっと他社への出向が続いているという情報を聞きつけ、「トウワは会社に置いておけない無能を送りつけてきた」と騒ぎ、周囲の不安を無駄に煽《あお》っていた。

そんな彼の振る舞いに腹を据えかねた奈々実は「せっかく買い取った会社を進んで腐らせるバカはいない」「若くして出向ばかりしているということは、外に出しても恥ずかしくないと会社が保証している証拠だ」と古参社員に噛みつき、そのまま理路整然と篤斗の打ち出す業務改善策の素晴らしさを説き、感情論だけで騒いでいた相手を黙らせたのだ。

そこで、大先輩に生意気を言ったことを謝罪しつつ古参社員の気持ちに寄り添い共に頑張るように導けば美談となったかもしれないが、あいにく奈々実はそこまで優しくない。

その後もぐずぐずと態度を改めない古参社員に対し、「勝手に一人で腐っててください。私は腐りたくないのでこの会社で頑張ります」と切り捨てたのだった。

最終的にその社員はきちんと仕事をするようになったのだが、奈々実にしてみたら若気の至りとしか言いようがない。

それなのに、どこかからその話を聞きつけたらしい篤斗は、奈々実を評価する際はいつもその話を出してくるのだ。

ある程度キャリアを重ね、考え方の違う人との柔軟な接し方を学んだ今、あの時の発言は黒歴史なので勘弁してもらいたい。

「何度も言いますけど、あれは若さゆえの感情に任せた発言でした」

視線を逸らしボソボソ返す奈々実の髪に、篤斗が優しく笑う息遣いが触れる。

「嘘のない言葉は人の心を動かすものだ。人を動かすことができるのは一つの才能だ。榎本には、相手の心を動かす才能があるんだよ」

「それに榎本は判断が早い。同時に自分の言動に責任を持つ覚悟があるから、鍛《きた》え甲斐があったよ」

「……」

これまでのことを思い出しているのか、篤斗が遠くに視線を向けて懐《なつ》かしそうに言う。

物事の割り切りが早く、淡々と目の前の課題をこなしていく奈々実は、可愛げがないと評されることが多い。

奈々実自身、可愛げのない性格をしているという自覚がある。

それなのに、篤斗は愛想のないその性格を評価してくれるのだ。

ありのままの自分を肯定してくれる篤斗の横は、くすぐったくて落ち着かない。それでいて、心地いいから困るのだ。

「正直な言葉は、時として暴力になります」

その心地よさに未練を抱かないよう、わざと冷めた口調で突き放す。

口を強く引き結んだ奈々実の横顔からなにかを察したのか、篤斗は一度グラスを口に運んで話題を変えた。

「そういえば、結婚相手はどんな人なんだ？」

ブランデーで唇を湿らせた篤斗が聞く。

結婚の報告と、それに伴う退職の申し出をした時、相手は婚活パーティーで知り合った人だと報告してある。だが、それ以上は聞かれなかったため話題にしたことはなかった。

「穏やかで真面目な人です」

婚約者である松原弘《まつばらひろし》の人柄を端的に表現するのであれば、その言葉に尽きる。

五歳年上の彼は、製薬会社のMRをしている真面目で物静かな人だ。

「あと、恋愛観や結婚に求める価値観が似ています」

そう付け足した奈々実に、篤斗は「それはなんだ」と、首をかしげる。

「お互いに多くを求めすぎず、穏やかに年を重ねていくというところです」

さらりと返す奈々実に、篤斗が苦笑する。

「もう少し、乙女チックな答えを期待していたんだが」

「ご期待に添えずすみません」

自分を見失うような恋なんてしたくない。

それは、父への激情に身を焦がし、娘に当たり散らす母の姿を見て育った奈々実の正直な気持ちだった。

浮気性の父と、母が今も夫婦を続けているのは、ひとえに母の執着の成せる業《わざ》だろう。

父からもう愛されていないとわかっているのに、愛してほしいと足掻《あが》く母の姿は、枯れ果てた大地に井戸を掘るようなものだと思う。

愛してくれない人に愛をねだる時間があるなら、さっさと見切りをつけて他の人生を探せばいいのだ。

父の愛を求め続ける母も、両親に愛されなかった自分も。

奈々実は幼くして、愛は人を狂わす毒だと学んだ。だから人生のパートナーには、深く愛しすぎない穏やかな関係を築ける人を求めた。

「俺とは真逆の価値観だな」

「そうですか？」

「ああ。俺は恋をするなら身を焼くような激しい恋をしてみたいと思う」

グラスを揺らしながら、篤斗が魅力的な笑みを向けてくる。

アルコールで緊張がほぐれてきたこともあり、奈々実はつい唇を尖らせて言い返す。

「そんなふうに思うのは、遠矢さんが恋に身を焦がす側ではなく、人の心を焦がす側だからです」

「……？」

篤斗は、なにを言われているのかわからないと言うように首をかたむけた。

そうしながら、ネクタイを緩める彼の所作は無駄に色気がある。

奈々実はそんな天性のモテ男の無自覚な仕草にため息を吐いた。

「遠矢さんはきっと、自分が愛する以上に相手に愛されてきたから、そんなことが言えるんですよ」

そう指摘する奈々実に、篤斗はしばし思考を巡《めぐ》らして、まあ確かにと肩をすくめた。

見目麗《うるわ》しく仕事のできる王子様。そんな彼に熱を上げる女性社員は後を絶たない。

この二年、部下として彼を近くで見てきた奈々実は、篤斗が公私の区別をしっかりとつけるタイプだと知っている。どんなに仕事で親しくしている相手でも、個人的に付き合うようなことは決してなかった。職場の彼は、常に大人の色気を漂《ただよ》わせつつ誰に対しても優しく接していたと思う。

彼のその紳士的な振る舞いの裏には、婚約者である千華の存在があるからかもしれない。だが、それを知らない女性の中には本気で彼の魅力に溺《おぼ》れ、彼の部下である奈々実に嫉妬の炎を燃やす者もいた。

「愛は、毒です」

それは自分だけでなく、周囲までも不幸にしてしまう猛毒だ。

母のような生き方はしたくないと思うからこそ、叶うことのない彼への恋をきっぱり諦めたのだ。

ちらりと隣へ視線を向けると、篤斗が頬杖をついてこちらを見ている。

「君は今幸せ？」

「はい」

篤斗の問いかけに、奈々実は即答する。

「そうか」

篤斗は頬杖を解き、グラスを手に椅子に背中を預けた。

クルクルとグラスを揺らし波打つ琥珀《こはく》の液体を眺めている彼が、少し残念そうな表情を浮かべているように見えてしまうのは、お酒のせいだろうか。

静かなバーで、互いの存在をすぐ隣に感じる時間は怖いほど心地いい。

「俺は、毒を盛られてみたかったよ」

カランと氷が鳴る音に合わせて、篤斗がポツリと呟く。

奈々実が顔を向けると、彼と視線が重なった。

大人の色気を感じさせる眼差しを向けつつ、篤斗はカウンターに自分の左手を置く。

二人の間に置かれた彼の手が、自分に差し出されているように思えるのは、気のせいだろうか。

彼の眼差しに女としての本能が疼《うず》く。

大半の女性は、彼にこんなふうに誘われたら、たとえ傷付くことになってもその手を取ってしまうのかもしれない。

アルコールで思考力が低下した奈々実自身、いっそなにもかも捨てて彼の手を取ってしまいたくなる。

「……」

奈々実は無言でグラスを口に運んだ。自分が冷静になりたいのか、最後の一歩を踏み出したいのかわからなくなる。

空《から》にしたグラスをカウンターに戻すと、篤斗の手がまた少しこちらへと動いた。

その拍子《ひょうし》に、袖《そで》口から千華とお揃いの腕時計が覗く。

たちまち奈々実の心の温度が下がり、彼に傾きかけていた心が本来のバランスを取り戻した。

――自分は恋という名の毒に溺《おぼ》れたりしない。

奈々実は両手でグラスを強く握り、心を落ち着けてから口を開いた。

「苦しむとわかった恋がしたいなんて、遠矢さんは意外にマゾだったんですね？　私は、そんな恋愛はお断りです」

敢えて軽い口調で返すと、篤斗が左手で困ったように首を掻いた。

彼のその動きを合図にしたように、二人の間に漂《ただよ》っていた濃密な空気が霧散していく。

それに安堵しつつ、奈々実はスマホを取り出し時刻を確認した。

時刻を口実にお開きを切り出すつもりでいたが、画面に婚約者の弘からのメッセージが表示されていて急いで開く。

難しい表情でスマホを操作する奈々実に、篤斗が声をかける。

「どうかしたか？」

それに奈々実は、わざとはしゃいだ声で返す。

「彼から連絡があって、どうしても今夜会いたいそうなんです。……もしかしたら、退職祝いでもしてくれるのかな？」

彼はそういうタイプの人だっただろうかと首をかしげつつも、篤斗にそう説明した。

メッセージを見て微笑む奈々実に、篤斗がどこかホッとした様子で告げる。

「そうか。割り切った結婚みたいに言っていたが、仲がいいんだな」

「そりゃあ、まあ」

奈々実の答えに、篤斗が「よかった」と笑う。

「大事な人が待っているなら、これ以上俺が引き止めるわけにはいかないな」

「誘っていただいて嬉しかったです。今まで、ありがとうございました」

そう頭を下げる奈々実に、篤斗が右手を差し出す。

一瞬遅れで握手を求められていることに気付いた奈々実は、その手を握り返した。

指が長く男性的な彼の手は逞《たくま》しく、小さな奈々実の手を難なく包み込む。

「幸せに」

優しく祈るような彼の声に頷きを返して、どちらからともなく手を離した。

「はい」

彼の感触が残る手をぎゅっと握り締めて微笑むと、奈々実は帰り支度を始めた。

◇◇◇

──あれは、なんだったのだろう……

一人暮らしをするアパートに戻った奈々実は、スーツをハンガーに掛けながら、別れ際の篤斗の様子を思い出す。

実のところ、彼に好意を寄せられているのではと感じたことは、これまでにもあった。でも千華の存在があったし、彼は誰にでも優しい王子様なのだからと気にしないようにしていた。けれど、さっきの空気はやけに濃密で、気のせいで流せない雰囲気があった。

「もし……」

あの時彼の手に触れていたら、今頃どうなっていたのだろう。

そんな詮《せん》ない考えが脳裏を掠め、奈々実はバカバカしいと首を横に振る。

自分は別の人生を選んだのだ。彼に会うことはもうない。

感情を揺さぶるような恋などしたくないし、男女の関係を遊びと割り切るほど若くもなかった。なにより自分が求めているのは、信頼できる相手と安定した家庭を築くことだ。

来月にはそれが叶うのだから、今さら過去の恋に心を揺らす必要はない。

「弘さん、そろそろ来るかな」

気持ちを切り替えた奈々実は、時刻を確認する。

どうしても今日中に会って話したい用とは、結婚の準備に向けてのことか、新居に関わることだろう。

仕事を辞めたことで、奈々実は明日から本格的に引っ越しの準備を始められる。月末にはこの部屋を引き払って、彼と九州に引っ越す予定になっていた。仕事のある弘としては、時間に余裕ができた奈々実に任せたいことがあるのかもしれない。

本来夫婦というものは、そうやってお互いに助け合って家庭を築いていくものなのだろう。そう思うと、彼の訪問が待ち遠しくなる。

どこかくすぐったい気持ちで弘を待つ奈々実は、まさか一時間後に、そんな淡い幸福感があっけなく崩れ去ることになるとは思いもしなかった。

「本当に、申し訳ないと思っているっ！」

一人暮らしの狭いアパートの玄関。靴を脱ぐことなく三和土《たたき》に土下座する弘は、床に額《ひたい》を擦り付けるようにして謝罪を口にした。

玄関スペースが狭いため、足こそどうにか三和土《たたき》に収まっているが、深く折り畳まれた彼の上半身と綺麗に揃えられた指はフローリングに載っている。

――こうやって見ると、弘さん背が高いな。でも痩せすぎかも……

先ほど彼からあまりに衝撃的な話を聞かされたばかりの奈々実は、フリーズした頭でそんなどうでもいいことを考えてしまう。

「えっと……つまり、職場の派遣の子を妊娠させちゃったから、そちらと結婚したいと……」

立った姿勢で左肩を壁に預ける奈々実は、右指で眉間を揉みながら彼に確認する。

その言葉に弘は「申し訳ない」と、叫ぶことで肯定を示す。

部屋に来るなり玄関で土下座をした彼が、しどろもどろで口にした話を要約すると、つまりはそういうことだ。

契約期間が終わる彼女の送別会で酔った彼女を家まで送ったところベッドに誘われ、そのまま関係を持ったのだという。

その時はそれっきりの関係だったのだけど、二週間ほど前にその子から連絡をもらい、彼の子供を妊娠したと告げられたらしい。妊娠の周期と彼女と関係を持った時期を照らし合わせてみたところ、符合するとのことだった。ちなみに、彼女と関係を持ったのは、奈々実と結婚前提の交際を始める前とのことで、一応浮気ではないらしい。

派遣中、優しく仕事を教えてくれた弘に好意を持っていた。だから最後の思い出にと関係を持ったのだが、一度きりの関係で子供ができてしまった。もうじき結婚する彼に迷惑をかけると思い、そのことを打ち明けられずにいたそうだ。

妊娠している身では、派遣社員として次の仕事を見つけることもできない。困り果てた挙句、弘に相談してきたのだという。

彼女は泣きながら妊娠の報告をした上で、子供は一人で育てるから、こちらのことは気にせずに婚約者と幸せになってくださいと告げたのだとか。

「そんな健気《けなげ》な彼女を、男として放っておけないんだ」

床に額《ひたい》を擦りつけたまま、弘が言う。

自分に好意を寄せていたという健気《けなげ》な女性、しかもそのお腹には自分の子供がいる。だから生まれてくる子供のためにも、彼女と結婚したいというのが彼の意見だ。

——それ本当に貴方の子？

そんな言葉が喉元まで上がってくるが、ギリギリの理性でその言葉を呑み込んだ。

どうやら弘は、相手のことを気が弱くおとなしい女性と思っているらしい。

だが、客観的に今の話を分析した場合、堕胎できない時期まで黙っておいて、相手が結婚するのを承知でそれを告げてきた彼女のことを、奈々実は健気《けなげ》な女性とは思えなかった。

しかし彼の目に相手の女性がそう映っている以上、奈々実の疑心はただの僻《ひが》みにしか聞こえないだろう。

パートナーに選んだ奈々実が言うのもなんだが、弘は勤勉で真面目が取り柄《え》といった感じの男性だ。

自分が恋愛とは縁遠い存在と承知していたからこそ、婚活パーティーに参加して条件の合った奈々実との結婚を決めたと話していたくらいだし。

だからこそ奈々実は、相手が自分を捨てにくい状況を作ったとしか思えない女性の貞操を、はたして信じていいものかと心配になる……

だが、その辺のことをきちんと説明して、彼を思い留まらせるように説得する情熱が、奈々実には湧いてこない。

「それで、貴方のご両親はなんて？」

せめて彼の両親が冷静な助言をしてくれていることを期待して、そう聞いてみた。

けれど弘の答えは、そんな奈々実の期待を裏切るものだった。

「両親には、君と婚約する前に別れた女性と説明してあるんだけど……、相手が妊娠しているのなら、そっちでいいんじゃないかって……。親戚にもまだ君を紹介していないし……」

罪悪感からか、しどろもどろに話す弘の言葉に、奈々実は呆れとも諦めともつかない深いため息を吐く。

もとより彼は、互いの条件が合ったからという理由で結婚を決めた相手だ。

そこに泣いて縋《すが》るような深い情はないし、その家族ともなれば結婚を決めた際に一度挨拶《あいさつ》をしただけの関係でしかない。

彼が家族と口裏を合わせて、その元派遣社員の女性を花嫁として紹介すれば話は済むのである。

そして奈々実自身、このゴタゴタを乗り越えてまで彼と結婚したいとは思わないし、「妊娠しているならそっちでいい」などと言う彼の両親と家族になりたいとも思わなかった。

ただ……

「私、貴方に言われて、仕事辞めたんだけど」

突然の婚約破棄の申し出に驚いた次の瞬間、奈々実の頭に浮かんだのはそれだった。

ついでに言えば、引っ越しのためにアパートを解約してしまったことも痛い。

――せめて、仕事を辞める前に言ってほしかった。

思わず頭を抱えたくなるが、実際のところ、彼に婚約破棄された後、そのまま千織に留まったかと聞かれればそれもまた微妙だ。

混乱してひどく回転速度の落ちた頭では、考えがうまく纏《まと》まらない。

挙句の果てには、こんなことになるのなら、さっき篤斗の手を取っておけばよかったなどと、不埒《ふらち》なことまで考えてしまう。

――駄目だ、脳の回路が壊れかけている。

眉間を指の腹で叩き、奈々実は低く唸《うな》った。

それをどう受け取ったのか、弘はいっそう床に額《ひたい》を擦りつけ、「弁護士を交えて、できる限りの償《つぐな》いをさせてもらうから」と告げるのだった。

◇◇◇

「遠矢さん、お待ちしていました」

二月の半ば、千織の相原社長に呼ばれて社長室を訪れた篤斗は、満面の笑みで出迎えてくれた社長秘書の千華に曖昧《あいまい》な微笑みを返しつつ、素早く室内に視線を巡《めぐ》らせた。

「社長に呼ばれたのですが」

「すみません。父……社長はすぐに戻ります。少しだけお待ちいただけますか？」

そう答える千華は、体の位置をずらして、篤斗に中に入るよう促《うなが》す。

篤斗は勧められるまま社長室に入り、応接用のソファーに腰を下ろした。

――指定された時刻に来たのだが。

腕時計で時刻を確認する篤斗に、千華が軽く舌を出して甘えた声音で言う。

「実は遠矢さんと二人で話したかったので、ちょっと早目の時間をお伝えしたんです」

悪びれることなくそう言った千華は、この程度で自分が怒られるはずはないと思っている様子だ。その姿にひどく苛立ってしまう。

普段の篤斗なら、これくらいで苛立ちを感じることはないが、今日の自分はすこぶる機嫌が悪かった。

なにせ今日は……

「あれ、時計替えちゃったんですか？　せっかくお揃いだったのに」

人差し指を唇に添え、当然のように自分の隣に腰を下ろしてきた千華が言う。

去年、トウワ総合商社の記念式典で、傘下企業の代表者に記念品として男女ペアの腕時計が贈られた。

物自体は悪くないし、会長である祖父の顔を立てるために使っていたのだが、最近になって千華もそれを使っていることに気付いて使うのをやめたのだ。

「残念。遠矢さんとお揃いって、いい男除けになるのに」

社内で彼女に思いを寄せる社員が多いのは知っているが、それなりに女性経験を重ねてきた篤斗にとっては、彼女の振る舞いは安っぽい三文芝居にしか見えない。

目についた男性の気を引くため、思わせぶりな態度で愛想を振りまいておいて、相手がその気になると手のひらを返して「モテて困る」と騒ぐ姿は滑稽《こっけい》でしかなかった。

そんな女に手を出すほど、自分は悪食《あくじき》ではない。

自分が興味を引かれるのはもっと……

「それにこの腕時計、遠矢さんの虫除けにもなるんですよ」

「虫……?」

それはどういう意味かと首をかしげると、千華は「秘密」と、意味深に微笑んだ。

それでなくてもイラつく気持ちを、彼女の振る舞いが余計に刺激してくる。同時に、自分に媚《こ》びることなく接してくれた女性を思い出してしまう。

――らしくないな……

「そういえば今日って、榎本さんの結婚式ですね」

こちらの気持ちを読んだようなタイミングで、千華が言った。

「ああ、そういえばそうだったかな」

感情を悟られないように表情を整えて忘れていたふうを装《よそお》うが、もちろん忘れてなどいない。

それどころか、自分らしくない今日の苛立ちの原因はそこにあった。

――あの日、彼女が少しでも結婚を躊躇《ためら》っていたら、自分はどうするつもりだったのだろうか。

自分の立場を考えれば、出向先の特定の社員と個人的な関係を持つなどあり得ないことだ。

トウワ総合商社の創業家の直系で現会長の孫といっても、現在の社長は一族以外の者が務めている。祖父がかなりのワンマン経営者だったこともあり、創業家の者に再度経営権を握らせることに難色を示す者もいる。

そんな中で創業家の自分が社長になるためには、それ相応の努力が求められた。

だから何年も努力して社内で地位を築いてきたのに、女性問題で足を掬《すく》われるなんて洒落にもならない。

たとえ異性として奈々実に好意を持っていたとしても、それを表に出すことは命取りになると思っていた。

だからこそ、退職する彼女の背中を「幸せになってくれ」と、願いを込めて見送ったのだ。

「ええっ酷い。可哀想」

そう言って眉を寄せる千華の頬には、嬉しそうなえくぼができた。

言葉と態度がチグハグな女性の相手をするのに疲れて、視線を逸らして聞き流す。

自分の中で消化しきれずに沈澱《ちんでん》していく感情が愛情に育ったのか、愛情があるからこそもどかしい思いを抱き続けていたのかは、今となってはわからない。

ただ確実に、彼女に惹かれていく気持ちが抑えられなくなっていた。

だから、彼女から結婚の報告を受けた時は、ショックを受けるより先に、この思いから解放されると安堵した。

それでも奈々実が会社を辞める日、思わず飲みに誘ったのは、自分の中に未だ消し去れない未練があったからだろう。

もしあの時、彼女が自分の手を取っていたら、理性を保てたかは自信がない……

「榎本さん、結婚して遠くに行っちゃったから、もう会うこともないですね」

どこか嬉しそうに千華が言う。

「そうだな」

どうしようもない喪失感と共に、これでよかったのだという思いがあった。

それでも今日一日だけは、彼女を思って一人酒を飲むくらいは許してほしい。

思いのほか未練がましい自分に呆れつつ、社長が戻って来るのを待つのだった。

◇◇◇

「ほんとだ。婚約破棄の慰謝料の相場って、二百万でもいい方なんだね」

ベッドにうつ伏せに寝転がり枕に顎《あご》を預けて通帳を眺めていた奈々実は、背後から聞こえてくる陽気な声にぐぬぬと唇を噛んで振り返った。

見ればこの部屋の主《あるじ》であり、奈々実の従姉《いとこ》でもある榎本智子《ともこ》がコタツに座ってパソコンと向き合っている。

子供服メーカーに勤める彼女は、本日はリモートで在宅勤務とのことだが、パソコンで検索しているのは仕事には関係ない記事らしい。

「慰謝料って、もっともらえるものかと思ってた」

パソコンから視線を上げ、チラリとこちらを見て智子が言う。

「どうせ私の人生は、二百万ポッチの価値しかないわよ」

子供の頃近所に住んでいた二歳上の智子は、従姉《いとこ》というより姉に近い存在だ。だからつい、子供の時のような拗《す》ねた口調になってしまう。

突然の婚約破棄から半月と少し。部屋の契約が切れた奈々実は、都内で暮らす従姉《いとこ》の部屋に居候《いそうろう》させてもらっていた。

仕事も住むところも結婚相手も失ってなお都内に留まっているのは、ひとえに婚約破棄に伴う諸々《もろもろ》の後処理があったからだ。

弁護士を交えての話し合いの結果、これまで結婚に向けて使ったお金——式場代や新居の敷金、礼金、新しく買った家具などの代金——は、全て弘が負担し、既に奈々実が負担していた分は返却すると同時に、慰謝料として現金二百万円が支払われることになった。

「二百万円って、仕事も住むところも失う人生の値段としては安いけど、ポンッと用意するにはなかなかの金額じゃない？」

「それでも急いで相手と縁を切りたければ、どうにか用意できるみたいだよ」

本日、二百万円の慰謝料の振り込みを確認し、奈々実と弘の関係は完全に切れたことになる。

こちらとの関係を綺麗さっぱり清算した弘は、全額負担することになった結婚式場を無駄にしないために、今日、件《くだん》の彼女と挙式するのだという。

――結婚式って言っても簡素なものだったしね。

「これが私の人生の値段か……」

通帳を眺めて奈々実が呟く。

感情を揺さぶるような、強い愛情があったわけじゃない。だけど、結婚してもいいと思うくらいには好意があったし、人としても信頼していた。

けれど向こうは、他に相手がいるのなら、あっさり奈々実を捨ててしまえるのだ。

まるで、自分にはその程度の価値しかないと言われているようでショックだった。

「そのお金、どうするの？」

通帳と見つめ合っている奈々実に智子がそっと尋ねてきた。

奈々実は通帳の入金額で一つだけ桁の違う二百万という数字を凝視する。

この数字を見て泣きたくなるのは、思いのほか自分が傷付いているからなのかもしれない。

「こんなことなら、身を焼くような激しい恋をしておけばよかった」

恋をするなら身を焼くような激しい恋がしてみたい——あの日、そう話していた篤斗の声が蘇《よみがえ》る。

「なにそれ？　二百万の使い道になってないけど……」

ぽろりと零れた奈々実の呟きに、智子は眉を寄せて「病《や》んでる」と付け足した。

まあ、そのとおりなのだろう。今の自分の思考が相当に病《や》んでいるという自覚はある。

この金額を見ていると、自分の選択の浅はかさを突き付けられているような気がしてくるのだ。

「……このお金、一度に全部、無意味なことに使いたい」

通帳を睨《にら》んでいた奈々実が言う。

このままいつまでも智子の世話になっているわけにはいかないので、婚約解消の手続きが終わった以上、地元に帰るなり、マンスリーマンションを借りて次の仕事を探すなりしなければならない。

だが、一度気持ちをリセットし、前向きに切り替えるために、自分の浅はかさを表すこの二百万という金額を消してしまいたい。

「ホストクラブに行って、上等な男を侍《はべ》らすのはどう？」

「なんでそうなるの。私がそんなところに行くように見える？」

突拍子《とっぴょうし》もない提案に思わず智子を睨《にら》むと、彼女はパソコンから視線を上げることなく告げる。

「見えないよ。だからいいんじゃない。だって無意味なことにお金を使いたいんでしょ？」

真剣な表情で画面を確認している様子から、仕事を始めたらしいとわかる。

どうやら真面目な提案というわけではないようだ。それでも奈々実は、智子の言葉にふむと考え込む。

恋愛に否定的な考えを持つ奈々実は、これまで大枚を叩いてまでホストクラブで疑似恋愛をしようとする人の気持ちが理解できなかった。

でも今は、その提案を頭ごなしに否定する気にもならない。

「まあ、せっかくもらったんだし、急いで使い道を決める必要もないんじゃないかな」

智子が一瞬だけこちらを見る。

その視線に首をかしげると、智子が気まずそうな表情を見せた。

「今日もウチに泊まるよね？」

もちろんと言いかけて、その言葉を呑み込む。

奈々実にとっては、今日は婚約破棄の後始末が終わった日であり、結婚式を挙げる予定だった日でもある。

しかし世間的には、今日はバレンタインデーだ。

恋人のいる智子は彼と過ごしたいだろう。けれど、奈々実に気を遣って言い出せないのかもしれない。

「実は今日、前の会社の人と飲む約束をしているから、近くのビジネスホテルに泊まろうと思ってる」

「……？」

唐突に予定があると言い出した奈々実に、智子が疑いの眼差しを向けてくる。

「婚約破棄に同情した元同僚が、可哀想だから奢《おご》ってくれるって。さっきメッセージがきた」

奈々実はそう言ってスマホを振る。

もちろんそれは嘘だ。婚約破棄になったことさえ、元の職場の人には伝えていない。

「ホントに？」

「うん。今日が今日だし、とことん飲んでくる。で、飲んじゃうと私、タクシーに乗るのも面倒になるから適当に泊まってくるよ」

ベッドから体を起こして胡坐《あぐら》をかいた奈々実は、下ろしていた髪を纏《まと》めて手首に嵌《は》めていたシュシュで軽く結い上げる。

なにか行動を起こす前に髪を結い上げるのは、奈々実の癖だ。

それを見ていた智子が、心配そうに言ってくる。

「飲むのはいいけど、酔って変な男にお持ち帰りされないよう気を付けてね」

疑っているのか心配しているのか、智子が物言いたげな視線を向けてくる。

「逆に私が男をお持ち帰りするかもよ。ここでこうやって通帳を眺めていても、気が滅《め》入《い》るだけだから、ちょっと遊んでくる」

冗談めかしてそう言った奈々実は、勢いよく立ち上がって出かける準備を始めた。

「そうだね。マジで金の力でイケメンを侍《はべ》らせるっていうのもありかもよ」

奈々実が準備を始めたことで、智子も表情を和《やわ》らげて軽口を返してくる。

そんな智子の言葉に、奈々実も「それもいいかもね」と、軽口を返すのだった。

2　一夜の価値

——私、一体なにやってるんだろう……

先月、篤斗に連れてきてもらったバーのカウンターで、甘いカクテルを舐《な》めるように飲む奈々実は、アルコールでぼやけた頭で自分の行動を思い返す。もちろん元同僚と飲む智子が気兼ねなく恋人と過ごせるようにと出かけたはいいが、もちろんホストクラブで飲む予定などない。

それならそれで、いっそ本当にホストクラブで散財してしまおうと思い、二百万円の現金を下ろしてお店に繰り出した。

もちろん金に物を言わせて男性とどうこうなろうなんて、本気で考えてはいない。ただ弘が自分との関係を早々に清算しようとしたのだったら、こっちもこのお金を使い切ることで踏ん切りをつける。

そう思ったのだが……

「ホストクラブって、予約がいるって知ってました？」

一瞬目が合った若い方のバーテンダーに問いかけてみるが、相手は軽く微笑むだけで返事はない。

もとより奈々実も、彼に明確な答えを求めているわけじゃない。こうして言葉を発することで、ちっとも思いどおりにならない自分の行動を噛みしめているだけなのだから。

二百万の現金を手に、覚悟を決めてホストクラブなるものに出向いた奈々実だが、バレンタインデーのためか、インターネット検索で一番人気の店を選んだためか、店は予約客だけで満員御礼のため、他の系列店を紹介すると言われたのだ。不躾《ぶしつけ》にこちらの懐《ふところ》具合いを探る店員の媚《こ》びた態度が不快で、奈々実の勢いはそこで一気に冷めた。

だからといって智子の部屋に戻るわけにもいかず、一人酒を飲みつつお金の別の使い道を考えているところだった。

大金の入っているバッグを大事に抱えてグラスを傾ける奈々実は、難しい顔でため息を吐いた。

——あの日、遠矢さんの手を取っていたら、今と結果は違っていたのかな?

酔った頭で、幾度となくそんなことを考えてしまう。

恋愛に苦しむような人生は送りたくないと、彼の誘いに気付かないフリをした。なのに、気が付けばどこかでずっとそれを後悔している。

もしお金で時間を巻き戻せるのなら、迷わずそうするのに。

そんな詮《せん》ない想像をしていると、店の扉が開く気配がした。

何気なくそちらへ視線を向けると、肩を半分扉の外に残して硬直している男性と目が合った。

遠目にも高級な仕立てとわかるコートを纏《まと》う彼は、らしくないほど表情を強張《こわば》らせて目を見開いている。

カウンターの奥に座る奈々実とは距離があるはずなのに、彼の琥珀《こはく》色の瞳が揺れているのが見えた気がした。

「遠矢部長……」

思わず慣れた呼び方をしてしまう奈々実の手から、グラスが滑り落ちる。

次の瞬間、ガシャンッと不快な音が店内に響き、床にガラスが飛び散った。

「ご、ごめんなさい」

グラスが割れた音に、奈々実は慌ててスツールを下りて床にしゃがみ込んだ。

そのはずみで、抱えていたバッグが床に落ちる。

「お客様、私どもが片付けますから、危ないので触らないでください」

年配のバーテンダーがそう声をかけ、若い方のバーテンダーが素早く箒《ほうき》とちりとりを手にカウンターから出てくる。しかし、それより早く手を動かしていた奈々実は、左手の小指の先に走った鋭い痛みに驚き手を引いた。

「榎本！」

指先にぷくりと血が盛り上がってくる。どうしようと思っていると、少し焦った声が自分の名前を呼んだ。

その声に顔を上げると、いつの間にか目の前に移動していた篤斗が、しゃがみ込んで奈々実の手首を自分の唇へ引き寄せる。

そうして篤斗は、血の盛り上がった奈々実の指先を躊躇《ためら》いもなく自分の口に含んだ。

「――ッ！」

店に入ってきたばかりの彼の唇は、冬の外気で冷えていた。なのに、その口内はひどく熱い。

思いがけない彼の行動に戸惑い、咄嗟《とっさ》に腕を引こうとする。けれど、奈々実の手首を掴んだ彼の手が緩むことはなかった。

戸惑う奈々実に構うことなく、篤斗は彼女の指先を強く吸い上げる。

チリリと痛みを感じるほど強く指先を吸われ、奈々実は魂《たましい》まで吸い取られてしまうような錯覚に襲われ、その場にへたり込んだ。

箒《ほうき》とちりとりを持って出てきた若いバーテンダーが、篤斗に未使用のおしぼりを差し出す。

受け取ったおしぼりで一度口を押さえた篤斗は、改めて奈々実へ視線を向けた。

「よかった。ガラスの破片は入っていないようだ」

ホッと安堵の息を漏らした篤斗が、奈々実に微笑みかけてくる。

「あ、ありがとうございます」

先に立ち上がった篤斗が、脱力する奈々実の手を取り立ち上がらせてくれた。

しかし立ち上がった後も、彼が奈々実の手を離す気配はない。

彼はそのまま奈々実の腰と腕を引き寄せ、掃除の邪魔にならないように場所を移動する。

——これは……夢？

自分は酔っ払って、夢でも見ているのだろうか？

心臓の鼓動が加速して息をするのが苦しい。

彼の胸にぴたりと抱き寄せられて、頭がクラクラした。

今にも脱力しそうな奈々実に気付いたのか、篤斗の腕に力が入る。

そんなことをされると余計に緊張してしまうので悪循環だ。なのに、自分から彼の手を解くことはもうできなかった。

「君がどうしてここにいるんだ？　今日は結婚式じゃ……」

ただひたすら混乱する奈々実を強く抱きしめ、篤斗が問いかけてくる。その言葉尻を濁《にご》している様子からして、彼もこの再会に混乱しているようだ。

存在を確かめるように強く抱擁《ほうよう》された。どうしようもなく息苦しいはずなのに、その息苦しさに身を任せていたくなる。

「えっと……色々あって、結婚は中止になりました。あ……でも式は、彼が今日、他の女性と挙げているはずです」

酔った上に混乱している奈々実は、なにをどう答えたらいいかわからず、気付けば端的にそう説明していた。

奈々実の言葉に驚いた篤斗が、痛ましげな表情を浮かべる。

自分のために彼にそんな表情をさせてしまうのが申し訳なくて、奈々実が視線を落とすと、若いバーテンダーが置き直してくれた自分のバッグが目に留まった。

バッグの端から二百万円の札が入っている銀行の紙袋が見える。

「よくわからないが、今、俺が君にしてやれることはあるか？」

こちらを労《いた》わるような篤斗の言葉に、紙袋に意識がいっていた奈々実は、思わず「部長の愛情を二百万円分、私に売ってください」と口にしていた。

「どういうことだ？」

戸惑う篤斗の声に、奈々実はハッと我に返る。

自分の結婚が破談になったからといって、彼には今も婚約者がいるのだ。

「いえ……あの……じゃなくて、その……時間を……」

冷静さを取り戻し、しどろもどろに言葉を修正する奈々実だが、酔った頭のどこかでは、それがとても名案のように思えて、発言の全てを取り消す気にはなれない。

思えば、この店で二人だけの送別会をした日から、怒涛《どとう》の日々を送り、あれこれ悩むことにも疲れ果てていた。そんな奈々実にとって、これ以上のお金の使い道はもう思いつかない。

「大丈夫か？」

息を詰めるようにして自分を見上げる奈々実に、篤斗が気遣わしげな眼差しを向けてくる。

もちろん、大丈夫なわけがない。

まだ血が滲《にじ》む指が痛いし、胸が苦しい。

「大丈夫じゃないです。だから、一晩……いえ、一時間だけでもいいから、部長の時間を私に売ってください。お金ならあります」

覚悟を決めた奈々実は、勢いのままそう口にする。

不毛な片思いが苦しくて、その思いを断ち切るために一歩を踏み出したというのに、自分は多くのものを失ってしまった。

けれど篤斗と再会して、自分がなにを失って一番辛かったのか理解した。

「……」

こんなに苦しくなるのなら、片思いでいいから彼の部下として働き続ければよかった。

そうすれば、彼が会社を去るその日までは一緒にいられたのに。

——どうしようもなく、この人が好きだ。

それが叶わない恋だとわかっていても、この気持ちはどうすることもできない。

おそらくこの偶然の再会を逃せば、今度こそ二度と彼に会うことはないだろう。

「榎本、君、相当酔ってるだろう」

腕を解き距離を取った篤斗が、困り顔で聞く。

そんな彼のスーツの裾《すそ》を掴み、奈々実はだからどうしたと胸を張る。

「酔っていませんっ！」

必死に首を振ると、その勢いで体がふらついてしまう。

すかさず篤斗が奈々実の体を支え、やれやれと息を吐く。

「とりあえず、場所を変えて話そう」

「ホテルがいいです」

即答する奈々実の言葉に、篤斗が額《ひたい》を押さえてフリーズする。

しかしすぐに表情を取り繕《つくろ》い、片付けを済ませたバーテンダーにグラスの弁償を含めた代金の支払いを申し出て、奈々実を連れて店を出た。


「とりあえず、ゆっくり話せる店を探したいところだが、今日は難しいか……」

店を出た篤斗が、片手でスマートフォンを操作する。

仕事も兼ねて様々な飲食店の情報を持っている彼は、冷静に操作しているように見えるが、動揺しているのかその指が店を選択する気配はない。

どこか冷静さを欠いている様子の篤斗は、奈々実にいつもと違った印象を与える。

普段は自分と別の世界に住む彼だが、今だけ、今だけは彼に触れることを許してほしい。

奈々実は手を伸ばし、スマホを操作する篤斗の手首を掴んだ。

「……榎本？」

不思議そうに視線を向けてくる篤斗に、奈々実は真顔でさっきの言葉を繰り返す。

「ホテルがいいです」

見つめ合ったまま、互いの動きが止まる。

数秒か数十秒か。思考を巡《めぐ》らせていた篤斗が、もう一方の手で前髪を掻き上げながら、奈々実に視線を戻す。

自分に向けられる彼の瞳に、今まで見たことのない野性的な熱を感じる。

そのことに驚き、咄嗟《とっさ》に腕を引いた。その腕を、素早く篤斗に掴まれる。

「その言葉の意味を、ちゃんと理解しているのか？」

こちらの覚悟を探ってくる篤斗に、奈々実はこくりと唾を飲む。

「私は、部長を誘っているんです」

そう宣言する奈々実の顎《あご》を、篤斗が持ち上げ唇を重ねてきた。

裏路地とはいえ、時折人の行き交う場所で口付けをされて、奈々実の心臓が大きく跳ねる。

それでも彼の腕を振り解くことはしなかった。

それどころか自分から彼の腰に腕を回し、体を密着させる。

「……っ」

重ねられた唇を彼の熱い舌で撫でられ、それに驚いた奈々実の唇が薄く開くと、篤斗はそのまま舌を口内へとねじ込んできた。

歯列を撫でられ、強引に舌を絡めてくる激しい口付けに、あっという間に奈々実の呼吸が浅くなる。

息が苦しい。けれど、その苦しみにもっと溺《おぼ》れたくて、奈々実は自ら彼に舌を絡めた。

そっと目を開けると、情熱的な眼差しの篤斗と視線が重なった。

奈々実を見つめる篤斗は、自分の口付けに溺《おぼ》れる奈々実の反応を確かめるように舌を動かしていく。

キスで簡単に息を乱している自分はひどく恥ずかしい。なのに、彼の唇を求めることをやめられない。

互いの息遣いを感じながら舌を絡め合っているうちに、臍《へそ》の裏側で疼《うず》く熱を感じる。

脳が蕩《とろ》けて、なにも考えられなくなっていく。

膝から崩れそうになる奈々実を、篤斗が腰に回した腕に力を込めて支える。どれだけキスをしていたのか、ようやく彼の唇が離れた。

「いいだろう。売った」

「部長……」

「俺は、もう君の上司じゃない」

指先で奈々実の唇を拭いながら、篤斗が囁《ささや》く。

「それに男を誘うなら、名前で呼ぶものだ」

「篤斗……さん」

躊躇《ためら》いつつも名前を呼ぶと、それでいいと軽い口付けを落とされる。そして奈々実は、彼に手を引かれるまま歩き出した。

◇　◇　◇

奈々実の腰を抱いて歩く篤斗は、大通りに出るなりタクシーを拾い、ホテルへ向かった。

篤斗が連れて来てくれたのは、結婚式などにも使われる格式の高いホテルだった。

フロントで部屋を取る篤斗は、ホテルスタッフの案内を断り奈々実を部屋へと連れていく。

なにも説明はなかったが、案内された部屋はスイートルームか、それに準ずるグレードの部屋であることが一目見てわかった。

天井から床まで伸びる一枚板のガラス窓から美しい夜景が見える。奈々実の視線が自然と窓の外へ向いた。

「綺麗……」

「ずっと前から、そう思っていたよ」

そう告げる篤斗の目が、夜景ではなくガラスに映った自分に向けられているのに気付いて恥ずかしくなる。

「奈々実」

「……」

掠れた声で名前を呼ばれ、緊張しつつ顔を上げると、頬に彼の手が優しく触れた。その手が、そっと奈々実の顔を持ち上げる。

覆《おお》い被さるように彼の顔が近付き、そのまま二人の唇が重なった。

優しく唇が重ねられたと思った次の瞬間、奈々実の唇が歪《ゆが》むほど強く押し付けられる。

僅《わず》かにできた唇の隙間から入ってきた舌が、奈々実の口蓋《こうがい》を撫でた。

「んっ……はぁっ………ぁぁっ」

熱っぽい息を漏らす奈々実の反応を味わうように、篤斗が背中に回した手に力を込める。

まるで、逃がさないと宣言しているようだ。

激しく唇を求めてきたかと思うと、優しく啄《ついば》むように唇を重ねてくる。

「もう駄目です……」

脱力して崩れ落ちてしまいそうになる奈々実は、篤斗の胸を軽く押して弱音を漏らした。

篤斗は奈々実の唇を解放して、彼女の耳元に顔を寄せる。

「このままベッドに行くのと、シャワーを浴びるの、どっちがいい？」

情欲を滲《にじ》ませた彼の声は甘く掠れている。その声を聞くだけで、奈々実は下腹部にツキンと疼《うず》きを感じた。

彼から与えられる刺激に敏感に反応してしまう自分を恥じらいつつ、奈々実は消え入りそうな声で返す。

「……シャワー」

「ＯＫ」

奈々実の背中をとんと叩いた篤斗は、彼女の腕を引いてバスルームへ向かう。

バスルームに入ると、篤斗は奈々実の腰を洗面台に押し付け、体を密着させたまま着ているニットの裾《すそ》をたくし上げていく。

「え、あの……」

「シャワーを浴びるんだろ？」

戸惑う奈々実の腕を持ち上げ、篤斗はさっさとニットを脱がしてしまう。

その拍子《ひょうし》に、髪を纏《まと》めていたバレッタが外れて床に落ちた。音に反応してそちらへ視線を向けると、ほどけた髪が頬にかかり、彼女の顔を隠す。

「髪、こんなに長かったんだな」

奈々実の髪を掻き上げ肩の後ろへ流した篤斗が、彼女の首筋に口付けた。

「……っ」

首筋に触れる唇の感触に、奈々実の肌がゾクリと粟立《あわだ》つ。

適度に空調が整えられた室内は、ニットを脱がされても寒さを感じることはない。だが、彼に肌を晒《さら》すのは恥ずかしかった。

咄嗟《とっさ》に胸元で腕をクロスさせて彼の視線を遮《さえぎ》ろうとする。けれど篤斗はその手を掴んで、洗面台の上に押さえつけた。

「シャワーを浴びるんだろ」

「あの、自分で……」

シャワーを浴びたいとは言ったが、それは一人で浴びるという意味だ。

しかし逃げようとする奈々実を叱るみたいに、篤斗が首筋を甘噛みしてくる。そしてすぐに、噛んだ場所を舌で舐《ねぶ》ってきた。

痛みの後のくすぐったい感触に、奈々実は脱力して息を吐く。

「俺の時間を買ったんだから、俺に全てを任せればいい」

耳元に顔を寄せ、鼓膜を甘くくすぐるように篤斗が囁《ささや》いた。

「でも……」

羞恥心《しゅうちしん》から彼の行動を止めたいと思うのだけど、言葉がそれ以上続かない。それは本音の部分では、彼に触れてほしいと思っているからだ。

一夜の夢でもいいから、彼に抱かれたい。

そんな淫《みだ》らな自分の欲望を自覚して、奈々実がももを擦り合わせる。その反応を見逃さず、篤斗が奈々実の股の間に自分の右脚をねじ込んできた。

そこで彼が脚を動かすと、スカートの裾《すそ》が捲《めく》り上がるのと同時に、敏感な場所に強い刺激が走る。

「あぁ……ぁっぁあっ」

不意打ちのように脊髄《せきずい》に甘い痺《しび》れが走り、奈々実は脱力する。甘い吐息を漏らして自分の腕の中へ倒れ込む奈々実を抱きしめて、篤斗が満足げに言う。

「全部、俺に任せて」

奈々実の体を自分の胸で支えた篤斗は、インナーを捲《めく》り上げてブラジャーのホックを外す。

甘い痺《しび》れに思考が霞《かす》んだ奈々実は、彼に誘導されるまま服を脱いだ。

下着を下ろされる際、いやらしい蜜が糸を引く。

自分の淫《みだ》らな反応が恥ずかしくて奈々実の肩がピクリと跳ねた。篤斗も湿った下着の感触に気付いたのだろう。

「いやらしい体だ」

耳元に顔を寄せた篤斗が囁《ささや》く。

そうしながら指で、奈々実の敏感な場所を弄《いじ》り始める。

濡れているが、まだ解れてはいない陰唇を人差し指と薬指で押し広げられ、中指で膣口をくすぐられて奈々実の腰が震える。潤《うるお》いを指で感じ取った篤斗が、笑う息遣いを感じた。

こんな姿勢で彼に嬲《なぶ》られることが恥ずかしくて仕方ないのに、体の奥からは淫《みだ》らな蜜が滴《したた》ってしまう。

「俺に任せていれば気持ちよくなれるだろう?」

そう囁《ささや》かれながら篤斗に肉芽を弾《はじ》かれ、奈々実の視界に白い光が明滅する。

「……私、お風呂で……こ、こういうのは……」

もともと性に積極的な性格をしていないこともあり、これ以上の刺激が急に怖くなり、奈々実が切れ切れの言葉で訴える。

「男に体を洗ってもらったことがない？」

その問いに、奈々実はコクコクと首を動かして答えた。しかし、彼が困ったように笑う気配がした。

「それは、俺を煽《あお》っているのか？」

「えっ？」

意味がわからないと、戸惑う奈々実は彼を見上げる。

「したことがないと言われれば、男は自分が最初に教えたくなるものだ」

そう言って口付けをすると、篤斗は指で奈々実の肉芽を弄《いじ》る。

「――っ！」

その刺激に、奈々実は肩を跳ねさせて彼にしがみついた。

敏感な反応に満足げな息を漏らした篤斗は、自分も服を脱ぎ捨てる。

露《あら》わになった彼の引き締まった体に息を呑む。スーツを着ている時も均整の取れたバランスのいい体つきをしていると思っていたが、実際に目にした彼の裸体は奈々実の想像以上に芸術的な美しさを持っていた。

アスリートのように引き締まった彼の裸体を前にして、目のやり場に困る。そんな奈々実を、篤斗が抱き寄せた。

素肌で彼の体温を感じたら、もうそれだけでなにも考えられなくなる。

互いの体に腕を絡め、二人はもつれ合うようにしてバスルームへ入った。

篤斗がシャワーハンドルを捻《ひね》ると、霧のように細かいお湯が飛び出し、広々とした白い大理石の床に靄《もや》がかかる。

シャワーヘッドをフックに固定したまま、篤斗は粒子の細かい湯を手で掬《すく》い取り、奈々実の肌に馴染《なじ》ませていく。

肩、腰、背中と奈々実の肌にお湯を馴染《なじ》ませていく篤斗の手がくすぐったくて、つい体を動かしてしまう。

「洗うから、じっとして」

優しく奈々実を嗜《たしな》めた篤斗は、向き合った姿勢のまま近くの棚に手を伸ばし、そこに置かれたボトルをプッシュしてボディーソープを泡立てる。

そしてたっぷりの泡を纏《まと》った手で、奈々実の背中を撫でた。

肩から背中へ滑る手が、奈々実の臀部《でんぶ》に触れる。緊張する奈々実を抱き寄せるようにして、篤斗の手が臀部《でんぶ》から脚の付け根へと移動していく。

「あぁ……ぁっ……ふぅっ」

彼の長い指が奈々実の陰唇を割り広げ、トロトロと蜜を滴《したた》らせる蜜壺へと沈んできた。

その刺激に喘《あえ》ぐ奈々実の声を、篤斗が口付けで塞ぐ。

舌で奈々実の口内を貪《むさぼ》りながら、篤斗は指で徐々に柔らかくなっていく蜜口を押し広げる。

「やっ、駄目ッ」

奈々実は篤斗にしがみつき、脚を閉じようと力を込めた。

篤斗はそんな抵抗を嗜《たしな》めるように、より深く指を沈める。男らしく節のある指を抜き差しし、奈々実の肉襞を擦っていった。

奈々実は甘い吐息を漏らして腰を悶《もだ》えさせる。

彼の背中に爪を立てて縋《すが》り付き、彼の硬い胸板に形が変わるほど強く胸を押し付ける。強く体を密着させたことで下腹部に硬く熱を持ったものが触れ、その存在感に奈々実の子宮が物欲しげに疼《うず》いた。

「こんなに俺を欲しがっておいて、駄目なわけがないだろう？」

指で奈々実の反応を感じ取っている篤斗がからかうように笑う。

シャワーのお湯が二人の体を濡らしていく中、篤斗は奈々実の首筋や耳朶《みみたぶ》を甘やかすように舐《な》め、指で奈々実を追い詰めていく。

激しく指を抜き差しされて、奈々実は腰から崩れ落ちそうになる。けれど、力強い彼の腕に抱かれているため、その刺激から逃れることができない。

最初はゆっくりと指を抜き差ししていた篤斗だが、一気に指を三本に増やし、奈々実の蜜口を押し広げた。

臍《へそ》の裏側に感じるそれは息苦しいほどなのに、体はその刺激を喜ぶように蜜を溢《あふ》れさせる。

脚の力が抜けて奈々実の腰が沈んだことで、彼の指をより深く迎え入れることになった。

「やぁ……」

甘い息を漏らす奈々実は、カクカクと震える脚に力を入れて、姿勢を保とうともがく。

「篤と……さん……っ」

これまで男性経験がなかったわけではないが、経験豊富とも言えない奈々実は、篤斗によってバスルームに甘い声を響かせた。

力が抜けて立っているのもやっとな奈々実の状態を察した篤斗は、指を抜き去り、彼女の腰を支えてバスタブへ移動する。

バスタブの縁に腰を下ろした篤斗は、自分の膝の上に奈々実を座らせた。

「………ぁっ」

座れたことを喜びたいのだけど、彼の膝に座らされた上に背後から抱きしめられて、ただただ緊張してしまう。しかも蜜に濡れた陰唇や内ももに、硬くいきり立った彼の熱を感じているのだからなおさらだ。

「ほら、今度は前だ」

篤斗は背後から腕を回して彼女の両乳房を掬《すく》い上げる。

ふっくらとした柔らかな乳房を大きな手で包み込み、そのままやわやわとした手つきでそれを揉みしだいていく。

胸の先端を人差し指と薬指の間に挟み、捻《ひね》るように引っ張られると、それだけで腰が跳ねた。

篤斗はクリクリと奈々実の胸を弄《もてあそ》びながら、もう片方の手を彼女の股の間に差し込んでくる。

「あぁぁっ」

既に敏感になっている場所に彼の手が触れ、奈々実は背を反《そ》らして身悶《みもだ》えた。

「こら、危ない」

軽い口調で注意しつつ、篤斗は奈々実を落とさないように気を付けながら敏感な場所を攻めてくる。

胸を揉みしだき、濡れた蜜口にずぶずぶと指を沈めながら篤斗が囁《ささや》く。

「随分いやらしい体をしていたんだな。オフィスにいる時は、気付かなかったよ」

自分の中に沈んでくる指に、膣がヒクヒクと痙攣《けいれん》する。

その動きを感じた彼がひっそりと笑ったのが、首筋に触れる息遣いでわかった。

恥ずかしいのに、膣はその言葉を肯定するように蜜を滴《したた》らせ続ける。

「もっと素直になればいい」

篤斗が奈々実の耳朶《みみたぶ》を甘く噛み、しゃぶるように舌を這《は》わせていく。

鼓膜近くで感じるじゅるりとした唾液の音に、奈々実はくすぐったくなって首をすくめた。

指も言葉も息遣いも、彼から与えられる刺激の全てが恥ずかしくて仕方ないのに、もっと自分の淫《みだ》らな部分を暴いてほしくなる。

奈々実は体をビクつかせて、置き場所の定まらない手を空《くう》に彷徨《さまよ》わせた。

甘く痺《しび》れる背中を反《そ》らせると、篤斗は肩甲骨の間にできた窪《くぼ》みに口付けをする。

そのまま奈々実の首筋に顔を寄せて、篤斗が甘く掠れた声で囁《ささや》いた。

「そこに手をついて、脚を開いて俺に跨《またが》って」

篤斗が「そこ」と言いつつ、バスタブにL字に接するカウンターへ奈々実の手を誘導した。彼に導かれるまま左手をカウンターにつくと、体が前屈《かが》みになる。

「……っ」

彼の膝の上にいるだけでもひどく恥ずかしかったのに、脚を開いて跨《また》ぐなんて卑猥《ひわい》すぎる。

羞恥《しゅうち》で身動きできずにいると、篤斗は奈々実の乳房を優しく揉みしだきながら言葉を重ねた。

「いいから俺の言うとおりにしてみろ。その方が、気持ちよくなれるから」

前屈《かが》みになった体に覆《おお》い被さるように密着して、篤斗が「奈々実」と名前を呼ぶ。

いつの間にか、当然のように名前で呼ばれている。

そのことが、奈々実の脳を甘く痺《しび》れさせた。

大人の色香に溢《あふ》れた声は、アルコール以上に奈々実の思考を酔わせ、冷静な判断力を取り上げていく。

「ズルい……」

恥ずかしいのに逆らえない。そんな思いから情欲に滲《にじ》んだ声で彼を詰《なじ》る。しかし、篤斗は楽しげに笑うだけだ。

「ズルいのは奈々実だよ。こうやって焦《じ》らして俺を煽《あお》って、俺を君の虜《とりこ》にしてしまう」

「……」

奈々実には、篤斗がなにを言っているのか理解できない。

煽《あお》られて、淫《みだ》らな欲望の虜《とりこ》になっているのは、自分の方なのに。

でもそんな疑問を口にする暇もなく、篤斗は奈々実の右ももに手をかけ開脚を促《うなが》してくる。

奈々実はカウンターと篤斗の膝に手をつき、おずおずと腰を浮かせて彼の膝を跨《また》いだ。

そうすると、腰が彼の股の間に沈み、さっきよりも後ろに傾いた姿勢になる。

「……ぁっ」

大きく開脚したことで、秘すべき蜜口が粘着質な糸を引いてクポリと開く。

篤斗はすかさず左手で赤く色づく陰唇を大きく広げ、右の指を二本一気に沈めてきた。

そして中で指を微かに曲げて、敏感な媚肉を妖《あや》しく擦り上げてくる。

「あぁ……ぅ………ッ」

さっきまでの、奈々実の感じるところを確かめるような優しい愛撫《あいぶ》ではない。弱い場所を狙い撃ちにするような激しい愛撫《あいぶ》に、奈々実は腰を震わせて篤斗の股の間に深く体を沈めてしまう。

それにより内股のかなり際どい場所に、彼の熱塊を感じた。

僅《わず》かに先端が湿っているそれは、あと少し腰の位置をずらせば、そのまま奈々実を貫いてしまえそうだ。

「ここで挿《い》れてほしい？」

熱塊の存在に身じろぎする奈々実に、篤斗が聞く。

ここでこのまま彼に貫かれれば、自分は簡単に達してしまうだろう。

その言葉に子宮の奥が甘く疼《うず》くが、弘の件が頭を掠めて衝動にブレーキをかける。

これは一夜の夢なのだから、彼の人生に傷を残すようなことをしてはいけない。

「駄目っ」

首を横に振り強く拒絶する奈々実に、篤斗は「意地悪だな」と、奈々実の耳朶《みみたぶ》を甘噛みしてくる。

その刺激に身をくねらせると、篤斗はそのまま奈々実の中を優しく刺激していく。

「あぁ……と……っ駄目ッ」

彼から与えられる艶《なまめ》かしい刺激に身悶《みもだ》えし、喉を震わせる。

「あっ……ゃッ……ッ」

篤斗の指は、遠慮なく奈々実の膣で暴れ、緩急をつけながら蜜を滴《したた》らせる媚肉を蹂《じゅう》躙《りん》していく。

そうかと思えば、蜜に濡れた指で、薄い皮に守られていた陰核を剥《む》き出しにして転がす。

「キャッ――ッ」

不意打ちの強い刺激に、奈々実は背中をしならせて悲鳴を上げた。

これまでこんなに激しい前戯を経験したことはない。奈々実は浅い呼吸を繰り返し、ただ身悶《みもだ》えることしかできなかった。

篤斗は敏感な肉芽を、蜜で滑る指で執拗《しつよう》に弄《いじ》る。そうしながら、再び膣へ指を沈めてきた。

奈々実は底知れぬ快楽に怯《おび》えて強く瞼《まぶた》を閉じる。

次の瞬間、脊髄《せきずい》に電流が流れたような痺《しび》れを感じ、瞼《まぶた》の裏側で乳白色の光が明滅する。

「あぁぁあっぁっ」

バスルームに甘い悲鳴を響かせた奈々実は、一度体を大きく震えさせて、ぐったりと脱力する。

「もう……」

硬いカウンターに爪を立て腕を震わせていると、いよいよ上体を支えていられなくなってきた。

「そろそろ限界?」

小刻みに震える奈々実の手に自分の手を重ね、自分の方へ引き寄せながら篤斗が尋ねる。

彼に背中を預けた奈々実は、コクコクと首を動かし同意を示す。

篤斗は奈々実と重ねていた手を離し、彼女の背中と膝裏に腕を回してそのまま立ち上がった。

「――っ!」

不意の浮遊感に驚く奈々実が、篤斗の首に腕を絡めた。

篤斗は彼女の反応が気に入ったのか、軽く体を揺らして慌てる奈々実に甘い視線を向けてくる。

「俺を拒《こば》む余裕がなくなるくらい可愛がってあげるよ」

その視線だけで達してしまいそうだ。

くすぐったくなるような眼差しにどんな顔をしていいかわからない。そんな奈々実の頬へ嬉しそうに口付けて、篤斗が歩き出す。

奈々実を寝室へ運んだ篤斗は、丁寧な手つきでベッドに下ろした。

ベッドに肘を突いて後ろに少し下がる奈々実を追いかけるように、篤斗がベッドに四つん這《ば》いになってにじり寄る。

重厚な作りのベッドのスプリングは、少しも軋《きし》むことなく二人分の体重を受け止めた。

「奈々実」

情熱を感じる声で名前を呼ばれ、それだけで奈々実の心臓がトクンと脈打つ。

もちろん彼を拒《こば》む気はないが、こんなふうになるなんて思ったこともないので、視線を感じるだけで頭がどうにかなってしまいそうだ。

かろうじて残る理性の残骸が、こんな不毛なことをしてどうすると警鐘《けいしょう》を鳴らすが、加速していく鼓動がそれを打ち消してしまう。

――怖い……。

そう思うのに、肌は彼の熱を求めている。

毒と知りつつ自ら溺《おぼ》れにいくこの感情は、恋以外のなにものでもない。

恋は毒だと痛いほど知っていたのに、今の自分は、どうしようもなくその毒を求めていた。

「篤斗さん」

奈々実が切なく名前を呼べば、篤斗が口付けで返してくれる。

唇の感触に、かろうじて残っていた理性の残骸が吹き飛ばされた。

――一夜だけだから許してください。

瞼《まぶた》を伏せ、心で千華に詫びる。濡れた肌が触れ合う感触に、奈々実の鼓動が大きく跳ねた。

「奈々実」

優しく囁《ささや》き、篤斗は奈々実の額《ひたい》、瞼《まぶた》、頬、唇と、優しいキスの雨を降らせていく。

チュッチュッと小鳥が啄《ついば》むような口付けは、バスルームでの激しい淫行とは真逆の穏やかさで、脱力しきっている奈々実の脳を蕩《とろ》かしていく。

「はぁ……っふぅ……ぅっ」

知らず、奈々実は甘い息を漏らした。

柔らかな音を立てて降り注《そそ》ぐ篤斗の唇が、少しずつ下へと移動していく。

首筋に唇が触れ、鎖骨の窪《くぼ》みを舌がくすぐった。

そうやって下がっていく彼の唇が臍《へそ》の窪《くぼ》みに触れた時、奈々実は彼の唇が目指す場所を察して体を捻《ひね》ろうとした。だが、すかさず篤斗の腕に邪魔される。

「あっ、ヤァぁ……ッ」

篤斗の腕が奈々実の脚を押し割り、ももに腕を絡めて顔を寄せてきた。

さっきバスルームで散々嬲《なぶ》られた陰核に彼の舌が触れると、それだけで腰が熱く蕩《とろ》けていくような感覚に襲われる。

篤斗が硬く熟した陰核を口に含んで軽く吸うと、奈々実は苦しくなって息を吐き、シーツの上で踵《かかと》を滑らせた。

篤斗の舌で硬くなった肉芽を転がされ、奈々実の体を淫《みだ》らな熱が支配していく。

「篤……斗、さん……っ」

もがくように四肢を動かし、奈々実が切なげに名前を呼ぶと、篤斗が顔を上げた。

蜜に濡れた唇をシーツで乱暴に拭った篤斗は、こちらに探るような眼差しを向けて聞いてくる。

「俺にどうしてほしい？」

そう問いかける篤斗の眼差しが、切ないほどに優しくて、愛されているのではないかと錯覚しそうになる。

「え……あっ……っ」

上体を起こした篤斗は、戸惑う奈々実に顔を寄せて口付けた後、静かに確認してくる。

「ここまでにするか？　俺の時間を買ったのは奈々実だ。君の判断に任せるよ」

つまり、奈々実に最後の一線を越えるか選べというのだ。

自分に任せておけばいいと、散々焦《じ》らして感じさせておいて、最後に突き放すようなことをされて困惑してしまう。それでも……。

「……」

――もっと彼を感じたい。

そんな思いを抑え切れず、脚をこすり合わせてしまう。

「抱いて……ください」

コクリと喉を鳴らし、奈々実はその言葉を口にした。

しかし篤斗は動こうとしない。

これ以上どうすればいいかわからず、途方に暮れる。しかし体は貪欲に相手を求め、散々高められた熱が燻《くすぶ》っている。涙目になって震える奈々実に、篤斗が静かに聞いた。

「誰に？」

そう問われ、奈々実は篤斗を見つめた。

すぐ間近に真摯《しんし》な眼差しを自分に向ける彼の顔がある。

その顔を眺めながら、自分はこの人を心から愛しているのだと実感した。

「篤……斗さんに」

他の誰でもなく、自分が求めているのは遠矢篤斗――ただ一人だ。

心を込めて彼の名を口にすると、篤斗が困ったように微笑む。

「OK」

肺から全ての空気を吐き出すように息を吐いた篤斗は、奈々実の額《ひたい》にキスをした。

「正直、俺も限界だ」

そう呟き、ベッドから出て行った。

そしてすぐに戻ってくると、手に持っていた避妊具を自身へ装着していく。

奈々実は熱にぼやけつつも、そのことに安堵する。

酔った勢いの一夜の情事。

どれだけ彼を愛していても、それ以上のことを求めてはいけない。

でもその代わりに……

奈々実は怠《だる》い体を起こし、自分から彼に腕を絡めて口付けをする。

「なにも考えられないくらい激しく抱いて」

もう二度と会うことはないと思うから、彼の存在を自分に刻みつけてほしい。

奈々実から唇を求められた篤斗は、華奢《きゃしゃ》な腰を抱きしめ、ゆっくりとベッドに押し倒す。

「奈々実」

名前を呼び顎《あご》を持ち上げて真っ直ぐに視線を合わせる。

「篤斗さん……」

消え入りそうな細い声で奈々実がその名前を呼ぶ。篤斗は熱い息を吐きながら、奈々実の脚の付け根に自分の昂《たかぶ》りを押し当てた。

熱く滾《たぎ》ったそれが自分の陰唇に触れると、それだけで奈々実の体がブルリと震える。

「奈々実」

もう一度名前を呼び、篤斗は自分のものを奈々実の中へ沈めてきた。

「あぁぁあっ」

圧倒的な質量を持つものが押し入ってくる感覚に、奈々実は喉を反《そ》らせて喘《あえ》いだ。

散々感じさせられた体はどこも敏感で、挿入の刺激だけで軽く達してしまう。

「キツイな」

奈々実を深く貫いた篤斗は、眉根を寄せて感嘆のため息を漏らす。

うっとりとした顔で彼を見上げる奈々実に口付けると、篤斗は緩やかに腰を動かし始めた。

彼の腰が動く度、媚肉が擦れて奈々実を甘く痺《しび》れさせる。

それほど男性経験があるわけではないが、篤斗との行為はこれまで経験した誰とも比べものにならない快楽で奈々実の体を支配した。

——このままずっと、彼に支配されていたい……

それは、自ら毒を飲むようなものだとわかっているのに、この衝動を抑えることができない。

これは一夜の夢だ。この後きっと、自分には身を焼くような苦しみが待っているだろう。

それがわかっていても、奈々実は彼の毒に溺《おぼ》れたいと思った。

そう思わずにはいられないほど、どうしようもなく彼が好きなのだ。

「奈々実、君の中が俺のに馴染《なじ》んでいくのがわかるか？」

腰を動かしながら篤斗に問われ、奈々実はコクコクと頷いて答える。

最初は息苦しいほどの存在感を放っていた彼のものに、自分の体が徐々に馴染《なじ》んでいく。それと同時に、彼と触れ合う肌がジクジクとした疼《うず》きを生み出す。

奈々実は目を閉じて、その疼《うず》きに身を委《ゆだ》ねる。

そんな奈々実の頬に口付け、篤斗が腰の動きを加速させていく。

上体を起こした篤斗が奈々実の右脚を持ち上げ、それを自分の肩にかけた。

そうされると、篤斗のものがより深く奈々実の中へ沈んでくる。

「あ——っ！」

経験のなかった角度で挿入され、子宮の奥深くまで彼のものが届く。自分の媚肉が彼の形にみちみちと押し広げられるのを感じた。

「や……ぁあっ……とっはぁ……ッ」

自分を穿《うが》つ圧倒的な存在に、息をするのも苦しくなる。

シーツを掴んで悶《もだ》える奈々実の反応を味わうように、篤斗は角度や速度に変化をつけながら腰を動かし続けた。

「もう……やめ……おかしくなっ」

気持ちよすぎて怖くなる。

あまりの悦楽《えつらく》に、指先にうまく力が入らない。

それでもどうにか篤斗の胸を押して彼の腕の中から逃れようともがくが、篤斗はそんな奈々実の手の甲に口付け、ベッドの上に押さえ込んだ。

彼に抱え上げられていた脚がマットレスに落ちる。

「おかしくなればいい」

どこか冷淡さを含んだ声でそう言い放ち、篤斗は腰の動きを速めた。

上から圧《の》し掛かるように腰を動かされると、彼の胸板に押し潰された胸の膨らみが歪《いびつ》に形を変える。その感触さえ、奈々実に深い快楽をもたらした。

「あぁぁ……あっ……はあぁ——やあぁ」

容赦なく腰を打ち付けられて、快感に目が眩《くら》む。

彼に揺さぶられながら浅い呼吸を繰り返していると、一度抽送《ちゅうそう》を止めた篤斗が耳元に顔を寄せてきた。

「奈々実の中が、俺にいやらしく絡み付いてくる。自分でも、わかるだろう?」

艶《つや》のある声でそう言われて、頬が一気に熱くなる。

「ちが……」

そんなはずないと咄嗟《とっさ》に否定しようとしたが、奈々実の膣は動きを止めた彼に催促するようにヒクヒクと痙攣《けいれん》した。

否定しようのないその反応に、奈々実は羞恥《しゅうち》で顔を背《そむ》ける。

「嬉しいよ」

篤斗はそれでいいと言いたげに奈々実の頬を撫で、腰の動きを再開した。

「ん……っはぁ……ぁッ」

一度自覚してしまうと、彼の動きに体が歓喜してうねるのを感じる。

彼が腰を打ち付けてくる度、粘着質な水音が室内に響く。

奈々実が恍惚《こうこつ》の表情で脱力したところで、篤斗は腰の動きを変えた。

一定のリズムで、先ほどまでの交わりで探り当てた奈々実の弱い部分を的確に狙って突き上げてくる。

奥の感じる場所を重点的に突かれた奈々実は、自分の体が重力から解き放たれていく気がした。

これ以上ないほど神経が高まったと思った次の瞬間、視界が真っ白に染まり、一気に光の海へ急降下していくような感覚に襲われる。

「はぁ……ん……。あぁぁぁ…………あっんっ」

一度大きく四肢を跳ねさせ、脱力する。

篤斗はそのまま腰を激しく動かし、自分の欲望を吐き出した。彼は荒い息のまま、奈々実から自身を抜き出す。

その感覚にも腰を震わせてしまう奈々実は、朦朧《もうろう》とする意識の中、愛液に塗《まみ》れた自分の体が優しく拭かれるのを感じた。

自分の体に触れる篤斗の手つきが優しくて、泣きたくなる。

「篤斗さん」

伝えられない言葉を込めて、彼の名を呼ぶ。篤斗は奈々実に優しく口付けて強く抱きしめてくる。

奈々実は瞼《まぶた》を閉じて、その温もりに身を任せた。

◇　◇　◇

奈々実を腕に抱きしめ、彼女の体温を味わっていた篤斗は、彼女の頬にかかった髪を指で掬《すく》い上げた。

仕事中はいつも髪を纏《まと》めていたので、彼女が髪を下ろした姿を初めて見た。ついでに言えば、その髪が上質な絹のような手触りをしていることを今日初めて知った。

――二年も側にいたのに、知らないことだらけだ。

こんなふうに彼女を抱くことになるなら、もっと早く彼女に対する思いを認めてしまえばよかった。

今宵《こよい》、奈々実が自分を求めてきたのは、婚約破棄で自暴自棄になっていたからだろう。

彼女をそんなふうに追い詰めた婚約者の男に強い怒りを覚える。それと共に、傷心の彼女がその傷を癒《いや》す相手に自分を選んでくれて、心底安堵した。

「奈々実」

心からの思いを込めて名前を呼んでも、奈々実に反応はない。

嫉妬と欲望に駆り立てられ、貪《むさぼ》るように彼女を求めてしまった自覚はある。

それでもギリギリの理性で避妊したのは、彼女を大切にしたいと思うからこそだ。

篤斗としては、もし彼女が妊娠したなら喜んで責任を取る。だが彼女は、傷心を癒《いや》すために自分との関係に縋《すが》っただけだろう。

篤斗の愛情を二百万で売ってくれと言った奈々実が、正常な精神状態であったはずがない。

——ショックで、ヤケを起こしているんだろうな……

普段の自分なら、女性の弱さにつけ込むような卑劣《ひれつ》なことはしない。

まして相手は他の男性と結婚するために退職した元部下だ。周囲に知られれば、いらぬ憶測を呼ぶのは目に見えている。

未来のトウワ総合商社の社長の座を狙う身として、そんな危うい立場の女性に手を出すなんてもってのほかだし、金で関係を持つなどあり得ない。

このタイミングで彼女を抱くなど、自ら首を絞めるようなものだ。

冷静な部分でそれだけ理解できていても、彼女に触れたいという衝動を抑えることができなかったのは、自分が思っている以上に、奈々実の存在が大きかったということだろう。

「……」

ため息を漏らしながら、篤斗の指は優しく奈々実の髪を撫でていく。

絹のように滑《なめ》らかな奈々実の髪に触れているうちに、自然と覚悟が決まる。

篤斗は自分の意思で彼女に手を伸ばした。

いつかこの行為に足を掬《すく》われる日が来たとしても、彼女との一夜をなかったことになどできるはずがない。

後悔がないのであれば、自分の力でこの選択を正解にしてしまえばいいだけだ。

その覚悟を確かめるように、眠る奈々実を強く抱きしめた。

◇◇◇

「……うんっ」

瞼《まぶた》の裏で眩《まぶ》しさを感じ、奈々実は眉間に皺《しわ》を寄せて寝返りを打とうとしたが、体がうまく動かなかった。

――体が重い……。

それだけじゃなく、脈打つように頭がズキズキするし、喉や体の節々が軋《きし》むように痛む。

思うように動かない体をどうにかしようともがいていると、温かいなにかに包み込まれた。心地よい温もりに意識がまた微睡《まどろみ》へと傾いていきそうになる。

優しい温もりに身を委《ゆだ》ねていると、近くで声がした。

「起きたか？」

耳のすぐ側で聞こえた囁《ささや》き声に、奈々実はカッと目を見開いた。

さっきまでの微睡《まどろみ》が消し飛ぶ勢いで振り返ると、そこにはあり得ない人のあられもない姿があった。

「あっ……とおっ……っぷちょっ………」

裸で自分の隣に横たわる篤斗の姿に混乱して、彼をなんと呼べばいいかさえわからなくなる。

「おはよう。体は辛くない？」

動揺する奈々実をよそに、篤斗は涼しい顔で髪を丁寧に手櫛《てぐし》で整えてくれる。恥ずかしさに思わず彼の胸に顔を埋《うず》めたが、それはそれで恥ずかしい。

しかし、徐々に昨夜の記憶が蘇《よみがえ》ってくるのに合わせて、奈々実の顔から一気に血の気が引いていった。

「どうした、どこか痛むのか？」

蒼白になって指先を震わせる奈々実に、篤斗が心配そうに声をかけてくる。

覚悟を決めて篤斗を見上げた奈々実は、ごくりと唾を飲み込んで聞く。

「あの、私、昨日……ぶちょ……とお……えっと、貴方と再会して……その、すごく失礼なご提案をしてしまったような気が……」

おもむろに上体を起こした篤斗が、寝癖で乱れた自分の髪を撫でつけながら言う。

「酔いに任せて、俺の愛情を二百万円分売ってくれと言ったな」

目尻に皺《しわ》を寄せて笑う篤斗の言葉に、奈々実はベッドに顔を突っ伏した。

愛情ではなく時間を売ってほしいと言い直したが、そこを訂正すれば解決する問題ではない。

いくら婚約破棄がショックだからって、昨夜の自分はなんてことをやらかしてしまったのか。

——死んでしまいたい……

元上司、それも婚約者のいる大企業の御曹司に「貴方の時間を、二百万円分売ってください」なんて口にするだけでもあり得ないのに、結果的に自分は、今こうして彼とベッドで朝を迎えている。

これが夢なら今すぐ覚めてほしいと祈る奈々実の髪を、篤斗が優しく撫でた。

篤斗はどうして、自分の提案を受け入れてくれたのだろうか。

チラリと視線を向けると、篤斗が軽く首をかしげる。その表情が、奈々実にはひどく困っているように見えてしまった。

黙って見つめ合うこと数秒、真面目な顔をした篤斗が話しかけてきた。

「昨夜のことだが、勢い……」

その先の言葉は聞かなくてもわかる。

奈々実は、咄嗟《とっさ》に掛け布団を頭まで引き上げた。

「そういう話は、シャワーを浴びてから聞きます」

「……確かに、落ち着いて話し合うべきだろうな。では先にどうぞ」

篤斗のその言葉に、奈々実は布団を頭の上まで引き上げることで拒絶の意思表示をする。

「いえ、私は後で……どうぞ先に浴びてきてください」

「わかったよ」

布団に潜《もぐ》り込んだ奈々実をどう思ったのか、篤斗は布団の上から奈々実を抱きしめた後、ベッドから出て行った。

彼の気配が遠ざかり、扉の開閉音が聞こえる。

起き上がった奈々実の耳に、微かにシャワーを使う水音が聞こえてきた。

「……っ」

焦る気持ちを抑えて周囲を見渡せば、上品なインテリアで整えられた寝室のソファーの上に、きちんと畳まれた自分の服を見つけた。

ぼんやりした記憶の中でバスルームに脱ぎ捨てたはずのそれを、篤斗が拾って畳んでくれたのだと思うとひどく恥ずかしい。

だけど今は、それを気にしている暇はなかった。

物音を立てないようにベッドを抜け出した奈々実は、軋《きし》む体に鞭打って素早く着替えを済まし、自分のバッグを探す。

バッグは寝室を出てすぐのリビングスペースにあった。

それを肩に掛け、部屋を出ようとした奈々実は、ふと足を止めてリビングへ引き返す。

滑《なめ》らかな木目のソファーテーブルは、窓から差し込む冬の陽光に包まれている。

どこか儚《はかな》く感じる朝日の中、部屋には彼の使うシャワーの音──ただそれだけのことが、とても尊《とうと》く思えた。

軽く首を振った奈々実は、湧き上がる愛おしさを断ち切る。

これは、自分の人生に用意された幸せではない。

彼には、結婚を決めた相手がいるのだ。

昨夜、彼が奈々実の誘いに乗ってくれた理由はわからないが、たぶん同情ではないかと思う。

彼の優しさに付け込んだようで良心が咎《とが》めるが、篤斗と一夜を過ごせたことは、二百万円以上の価値があった。

同情とはいえ、彼ほどの男に女として求められたことで、ボロボロだった自尊心が癒《いや》された気がする。

「ありがとうございました」

彼の結婚の邪魔をしたくないし、彼の口から後悔や謝罪の言葉も聞きたくない。

誰もいないリビングで祈るように呟いた奈々実は、バッグの中から銀行の袋を取り出し、テーブルの上に置く。そして、今度こそ迷いのない足取りで部屋を出たのだった。

3　王子さまの愛情は返品不可

「昨日は、楽しかった？」

夜、仕事から帰って来た智子に、開口一番そう聞かれた。

居候《いそうろう》として食事の準備を買って出た奈々実は、おたまで鍋をかき混ぜながら笑顔で頷く。

「うん。あの二百万、一気に使ってきた」

「えっ！」

奈々実の報告に、智子は持っていたバッグを床に落とすほど驚いた。

金額が金額なだけに、まあ当然の反応だろう。

「なんに使ったの？」

床に落としたバッグをそのままに、智子が奈々実に駆け寄ってくる。

お椀に味噌汁をよそいながら、奈々実は晴れやかな顔で「秘密」と返した。

元上司との一夜をお金で買いました——などと言えるわけがない。

「その顔を見れば、大丈夫そうだね」

汁椀を食卓代わりのコタツに運ぶ奈々実を視線で追いかけつつ、智子は落としたまま放置していたバッグを拾った。

弘に婚約破棄され仕事も住むところも失い、これまでの自分の人生が二百万の価値しかないと言われた気持ちになっていたが、たとえ同情でも、篤斗に名前を呼ばれ女性として求められたことで、自信を回復することができた。

奈々実にとって、彼と過ごした一夜には二百万円以上の価値があった。

「おかげで、気持ちの踏ん切りがついた」

もちろん千華に対する罪悪感があるので、せめてもの贖罪《しょくざい》として、彼には二度と会わない。

だから……

「色々片付いたし、地元に戻って仕事を探そうと思うの」

出身地が同じ智子が、目をパチクリさせる。

「え？　いいの？　地元に奈々実がやりたいような仕事ある？」

智子がそんな心配を口にするのは、二人の地元が都心に比べるとかなり田舎《いなか》だからだ。

「それに奈々実、実家も親も嫌いでしょ？」

さすがは従姉《いとこ》。よくご存じだと、奈々実は困ったように肩をすくめる。

「だったら……知り合いが一人もいない地方都市で仕事探すよ」

「駄目。却下」

しばらく考えて進路を変更した奈々実に、智子が苦い顔をする。

「却下って……」

「そんな考えなしの選択を黙って見すごせるわけがないでしょ。元気になったと思って安心したのに」

奈々実の後頭部をペチリと叩き、智子はスーツのジャケットを脱ぐ。

「でも……」

とにかく今は、一刻も早く東京から離れなくてはいけない。

核心に触れず、それをどう説明しようかと考えていると、ドアのチャイムの音が響いた。

「……宅配かな？」

ブラウスのボタンを外しつつ、智子が首をかしげる。

なにか届く予定のものがあるのだろう。

「私が出るよ」

着替えの途中である智子にそう言って、こたつの前にしゃがみ込んでいた奈々実が立ち上がる。

智子にも田舎者《いなか》の悪い癖とよく言われるが、すっかり宅配便と決めつけた奈々実は、モニターを確認することなく玄関の扉を開けてしまった。

「ご苦労様で～す」

軽い口調で玄関扉を開けた奈々実は、そこに立っている人の姿を見て硬直する。

「まったくだ」

仕事帰りなのだろう、上品なスーツを隙なく着こなした篤斗が、不機嫌な顔で息を吐いた。

「ぶちょ……」

見つめ合うこと数秒、我に返った奈々実が慌てて扉を閉めようとする。しかし、篤斗がしっかり掴んでいてびくともしない。

「俺はもう、君の部長じゃない」

篤斗は視線で奈々実を叱った後、意地の悪い笑みを浮かべた。

「それと、女にやり逃げされたのは初めてだ」

「――っ」

その言葉に奈々実が赤面して怯《ひる》む。その隙を突いて、篤斗は扉に体を押し込んで玄関に踏み込んできた。

距離を詰められたことで彼の纏《まと》う香りが鼻腔《びこう》をくすぐり、昨夜のことを思い出してしまう。

咄嗟《とっさ》に後ずさった奈々実は、低い上がり框《かまち》に踵《かかと》をひっかけて三和土《たたき》に尻餅をついた。

「大丈夫か？」

篤斗が慌てて手を差し伸べてくるが、それを掴むわけにはいかない。

「な……ど……」

わなわなと指を中途半端な位置で震わせていると、背後で扉の開く音がした。

「奈々実、どうしたの？　宅配じゃなかった？」

ブラウスのボタンを留め直した智子が、玄関に顔を覗かせた。

智子は奈々実に手を差し伸べる篤斗を見て、驚きの表情を浮かべる。

「え、誰？　誰？」

パタパタと駆け寄ってくる智子の声は、興味半分、警戒半分といった感じだ。

智子の視線に気付いた篤斗は、表情を素早くビジネスモードのそれに切り替える。そして姿勢を正してスーツの内ポケットから名刺入れを取り出し、中から一枚、智子に差し出す。

「突然押しかけて申し訳ない。先日まで、榎本さんの直属の上司を務めていた、遠矢篤斗と申します」

「はあ……」

篤斗と彼の名刺と奈々実の顔を順繰りに見比べて、智子の表情が和《やわ》らぐ。その表情の変化を確認しながら篤斗が続ける。

「結婚のために退職した榎本さんが、結婚を取りやめたと耳にしました。元上司として、今後についてなにか力になれればと思い連絡していたのですが、一向に繋がらず、心配になって直接伺った次第です」

滑《なめ》らかな口調で話す篤斗は、連絡のくだりでギロリと奈々実に視線を向けた。

彼をよく知らない人には、些細《ささい》な目の動きにしか見えないだろう。篤斗の部下であった奈々実には、彼がひどく怒っているのだとわかる。

——電話の電源を切ってたのがバレてる。

篤斗からの連絡を避けるべく、スマホの電源を切っていたが、それがお気に召さなかったらしい。

彼の射るような眼差しが怖くて、奈々実は視線を床に落とした。

そんな奈々実の頭上から、智子の呑気《のんき》な声が降ってくる。

「そうなんですね。だったら、雇い直してあげてください。この子、ヤケを起こして地方に引っ越すなんて言ってるんで」

ケラケラと笑う智子に、黙っているように脚を叩いて止めようと腕を伸ばした。

でも伸ばした手が智子の脚に触れる前に、奈々実の体がふわりと浮き上がる。

「キャッ」

突然の浮遊感に驚き、悲鳴を上げた。

軽々と奈々実を抱き上げた篤斗は、驚いて手足をバタつかせる彼女の体を器用に抱き直す。

「そういうことでしたら、なおさら彼女と話し合う時間をいただきたい」

言うや否《いな》や奈々実の上半身を自分の右肩に抱き上げ、篤斗は智子に軽く会釈《えしゃく》をして部屋を出て行こうとする。

「へ？　今から？」

奈々実を抱き抱えた篤斗に、智子が驚きの声を上げた。

そんな彼女に、篤斗は人当たりのいい笑みを添えて告げる。

「善は急げと言いますから。それと、彼女が最後に買い付けた商品について、少し伺いたいことがありまして」

最後に買った商品――とはつまり、昨夜買った篤斗との時間を言っているのだろう。

「榎本さんが構わなければ、この場で確認させてもらいますが？　販売した側が早急な対応を求めているので」

言葉の端々《はしばし》から篤斗の苛立ちを感じて、奈々実の体がビクリと跳ねる。

販売した側とはつまり、奈々実に時間を売った篤斗だ。

「ちょっと、部長と話し合ってきます」

篤斗の肩で項垂《うなだ》れた奈々実に、篤斗がフッと勝者の笑みを零した。

そんな奈々実の背中に「ああ、社外秘な感じ?」と、納得した様子の智子の声が聞こえる。

やや大雑把な性格をしている智子は、今の篤斗の話を信じたらしい。

——まず、この状況に疑問を持って!

心で文句を言うが下手《へた》に口を開いて、智子の前で昨夜のことを暴露されても困る。

奈々実が抵抗できないのをいいことに、篤斗は「それでは」と奈々実を抱えたまま廊下へ出た。

「ちょ、部長ッ、ちょっと待ってください」

部屋着のまま裸足で外に連れ出された奈々実は、慌てて手足をバタつかせて抗議する。

だが篤斗は、それを無視して共有スペースの廊下を進んでいった。

「部長っ……遠矢部長ってばッ。…………えっと、遠矢さん」

ふと、彼に繰り返し「もう君の上司じゃない」と言われていたことを思い出し、苗字で呼んでみる。

すると微かに篤斗が反応を示した。

だが言葉は返ってこない。仕方なく、彼のファーストネームを口にする。

「篤斗さん」

「なんだ」

やっと返事をしてくれたことに安堵するが、色々気まずいことだらけだ。

「とりあえず、下ろしてください」

「そう言うが、裸足じゃないか」

篤斗がバタつく奈々実の足に視線を向けて言う。

「じゃあ、一度部屋に戻ってください」

「断る」

短くそう返した篤斗は、奈々実を肩に抱えたままエレベーターのボタンを押し、そのまま乗り込んでしまう。

「こんなの、無茶苦茶です」

唸《うな》る奈々実を気にすることなく、篤斗は階数指定のボタンを押す。

「無茶苦茶なのは君だろう。なにも言わずに金だけ残していなくなって、電話は通じないし、会社に登録してあったアパートはもぬけの殻。俺がどれだけ心配したかわかっているのか？　君の実家にまで仕事の引き継ぎを装《よそお》って電話したんだぞ」

実家の親には、結婚が中止になったことと、しばらく智子のところに居候《いそうろう》することだけ伝えていた。篤斗がここに来たのも、両親のどちらかから聞いたのだろう。

「すみません……」

あの状況でなにも言わずに消えたことで、篤斗には随分心配をかけてしまったのだと今さらながらに理解した。

「生きていたから、もういい」

肺の奥から空気を絞り出すような彼のため息に、深い安堵の色が滲《にじ》んでいて、抵抗する気が失《う》せていく。

スーツは着ているが、もしかして仕事を休ませてしまったのだろうか。

「忙しいのに、ご迷惑をおかけしました」

急におとなしくなった奈々実の腰を、篤斗が軽く叩いた。

「無茶をすれば、心配する人がいるということを忘れるな」

奈々実が萎《しお》れている間に、エレベーターが一階に着く。

「……ごめんなさい」

奈々実が素直に謝ると、篤斗の纏《まと》う空気が和《なご》む。

「俺が好きでしたことだから、謝る必要はない。なにも知らないでいるより、こうして君に関わっている方がよっぽどいい」

「……」

彼が元上司という立場で言っているのだとわかってはいても、胸が熱くなる。

エレベーターを降りた篤斗は、アパートの来客用駐車場に停めてあったドイツ製の車の助手席に奈々実を座らせた。

「どこに行くんですか？」

「とりあえず、二人で話せる場所だな」

そう返した篤斗は運転席に回り、エンジンをかける。

低く地面を震わせるようなエンジン音が車内に満ち、滑《なめ》らかに車が動き出す。

これまで篤斗が自家用車で出勤するようなことはなかったが、慣れた様子からすると、これは彼の車なのだろうか。

詳しくない奈々実でも一目で高級車とわかるこの車は、革張りのシートの座り心地もよい。

高級車を運転する彼の姿はやけにサマになっていて、改めて彼が自分の日常とかけ離れた場所で生きている人なのだと痛感する。

昨日彼と一夜を共にしたことは、夢の中の出来事のように思えてしまう。

しばらく車を走らせた後、篤斗が思い出したようにインストルメントパネルを操作した。徐々に座席の下が暖かくなってきたので、助手席のヒーターの電源を入れてくれたらしい。

「ありがとうございます」

篤斗の配慮にお礼を言うと、彼が微かに笑う気配がする。視線を向けると、篤斗が困ったように目尻に皺《しわ》を寄せた。

「俺に対して怒っているだろうに、礼を言ってくるから。相変わらず律儀な性格をしているんだな、と思っただけだ」

「別に怒ってはいないです」

「そう。なら、よかったよ」

篤斗が目尻の皺《しわ》を深くする。彼にも奈々実を怒らせることをしているという自覚があるのだろう。

でも酔って一夜を過ごした挙句、翌朝お金だけ残して音信不通になったのは奈々実だ。どう考えても悪いのは自分の方だろう。

「私こそ一方的にお願いを聞いていただいたのに、色々すみませんでした」

頭を下げる奈々実に、篤斗は優しい吐息を漏らす。

「会社を辞めてから、なにがあった？　それにあの金はどういった種類の金なんだ？　嫌かもしれないが話してもらえないか」

ハンドルを握り締めたまま前を見ている彼だが、意識は奈々実に向いているのが伝わってくる。

奈々実が話すまで辛抱強く待つだろうことが、彼の真摯《しんし》な横顔から見て取れた。

正直に言えば、まだ傷が生々しくて口にするのは痛い。それでも、これ以上彼の時間を無駄に消費させてはいけないと、奈々実は諦めに近い心地で口を開いた。

「篤斗さんに連れて行ってもらったバーで、私に彼からメッセージが届いたのを覚えていますか？」

「ああ……」

頷いた篤斗は、だからこそ納得がいかないといった視線を奈々実に向ける。

自分だって、まさかあの後、こんなことになるとは思わなかった。ため息を漏らしつつ、奈々実はその後の顚末《てんまつ》と、何故自分が二百万円の詰まった紙袋を持っていたかを説明した。

「なるほど。慰謝料の二百万を使い切ろうとしていたタイミングで俺と会い、その場の勢いで俺の時間を買ったと……」

奈々実の話を最後まで聞いた篤斗がため息を吐き、そのまま黙り込む。

「すみません」

何故あんなことをしたのかと聞かれたら、酔っていたからとしか言いようがない。そしてやっぱり、少なからず傷付いていたのだろう。

これまでの人生と引き換えに選んだ結婚が駄目になり、手元に残ったのは二百万円。自分の価値が二百万しかないと言われた気がして、悲しかったのだ。

「慰謝料が二百万っていうのは、君の価値がその金額ってことじゃない。君の生きる強さを信じているからこそ、それだけあれば人生を立て直せるって信頼の額だろう」

片手をハンドルから離した篤斗は、「君なら大丈夫だって、俺は知っている」と、わしゃわしゃと奈々実の髪を撫でた。

普段そんなことをしない彼の乱暴な仕草に、不思議と慈《いつく》しみを感じる。

──君なら大丈夫。

尊敬する上司だった篤斗の言葉だからこそ、その一言が深く胸に染み渡っていく。

「ありがとうございます」

篤斗に乱された髪を整えるフリをして、奈々実は感情が昂《たかぶ》ることで潤《うる》む瞳が乾くのを待った。

「これから、どうするつもりだ」

奈々実の気持ちが落ち着くのを見計らって、篤斗が聞く。

「いつまでも従姉《いとこ》の家に居候《いそうろう》しているわけにもいかないし、仕事と住むところを探して人生を立て直します」

最初は彼と二度と会わないために、一刻も早くどこか遠くで仕事を探して、ひっそり生きようと思っていた。でも今の言葉を聞いた後では、もっと前向きに人生を立て直そうと思える。

「そうか……」

晴れやかな気持ちで答えた奈々実に、何故か篤斗は難しい顔をする。それを不思議に思っていると、篤斗が告げた。

「預かった金のこともあるし、食事でもしながら少し話せるか?」

「あのお金は、もう私のものではありません」

篤斗は困るかもしれないが、彼との時間に救われた奈々実としては、やっぱり彼に受け取ってもらいたいと思う。

「それに、食事は……こんな格好だし……」

このまま話をうやむやにしたい奈々実が、自分の服にチラリと視線を落として断ろうとすると、「ああ……」と頷かれた。

「まずは、そこからだな」

呟いた篤斗は一人でなにか納得し、車を加速させた。

時折裏道に入る篤斗の車はスムーズに進んでいき、駐車場を併設しているこぢんまりとした店の前で停まった。

「ここは?」

黒い窓枠に縁取られた漆喰《しっくい》塗りの外観は、避暑地の洒落たカフェを思わせる。駐車場には他に車もなく、この店でなら裸足でも大丈夫ということなのだろうか。

「母の馴染《なじ》みのセレクトショップだ。ここなら、欲しいものがいっぺんに揃う」

そう告げて、篤斗は先に車を降りていく。

「え？」

「服とか靴とか、食事をする前に、整えたいだろう」

助手席に回り、ドアを開けてくれた篤斗の説明に奈々実は焦る。

「それってつまり、篤斗さんのお母様が買うようなお店ってことですよね」

篤斗はトウワ総合商社の創業家の人なのだ。彼の身なりや車からしても、彼の母が懇意にしている店が庶民価格であるわけがない。

大体、今の自分は財布はおろかスマホさえ持っていないのだ。

そのことを説明するより早く、篤斗が片膝をついて奈々実の前にしゃがみ込む。そして止める間もなく奈々実の腕を引いて、自分へ引き寄せた。

「あっ」

ぐらりと傾いた奈々実の体を篤斗が抱き留め、そのまま立ち上がる。

さっきとは違い、背中と膝裏に腕を回して横抱きにされた。いわゆるお姫様抱っこをされた奈々実は、緊張して言葉が出てこない。

「たまに買い物に付き合うことがあるから品揃えは承知している。若い女性好みの品も多いから安心しろ」

篤斗は、焦る奈々実の気持ちを違う意味に解釈したようだ。

「そうじゃなくて……私、お財布を持ってきていません」

奈々実を抱えたまま、器用に扉を開ける篤斗に慌てて告げた。

その言葉に、篤斗が一瞬動きを止める。奈々実にチラリと視線を向けて、篤斗は不機嫌そうに息を吐いた。

「俺が女に財布を開かせるタイプに見えるか？」

それだけ言うと、篤斗は店内へ入っていった。

慣れた様子で奈々実を背の高いスツールに座らせると、店の奥から出てきた女性に履物を含めた一式を見繕《みつくろ》うように告げて、仕事の電話をしてくると店の外に出て行ってしまった。

篤斗の背中を見送った中年の女性は、挨拶《あいさつ》と共に自分がこの店のオーナーであることを奈々実に告げた。そして、さっそく奈々実の衣装を見繕《みつくろ》い、次々と目の前のラックにかけていく。

「あの、靴だけでいいです。それと、代金は後日必ず払いにくるので、遠矢さんに請求しないでもらえませんか？」

自分の前に次々と運ばれてくる品に値札はついていない。だが、商品の中に奈々実の知っている高めのブランドが含まれていたので焦ってしまう。

「もちろん、お客様の意見は尊重させていただきます」

奈々実の言葉に、オーナーは色白でふっくらした頬を持ち上げ朗《ほが》らかに微笑む。

その優しそうな微笑みにホッとしかけた奈々実に、女性が告げた。

「ですが、私どもがより尊重するお客様は、遠矢家の方々なので」

「……」

つまり奈々実の意見より、篤斗の意見を尊重するということらしい。

そう言われてしまうと、奈々実にはどうしようもない。

グッと唇を噛んで黙り込む奈々実に、オーナーは緩やかな笑みを浮かべる。

「遠矢家の若様が女性を連れてこられたのは初めてなので、実はとてもワクワクしているんです。私にお嬢様のコーディネートをお任せくださるなんて、腕が鳴りますわ」

商売人のセールストークというより、同性同士の恋話を楽しむ少女のような笑い方に、つい奈々実の心も緩んでしまう。

奈々実がおとなしくなると、女性は軽く断って彼女の体に触れてサイズを確認し、好みの色やデザインを確認しながら衣装を選んでいく。

篤斗が家族ぐるみで懇意にしている店である以上、我を通しても相手を困らせるだけだ。

かかったお金に関しては、後で必ず篤斗に返そう。

そう心に誓って、奈々実はオーナーの選んでくれた服を見た。

彼女が勧めてくる服はどれも可愛らしく、普段シンプルな服装を好む奈々実が選ぶことのないデザインばかりだ。

――せめて値札があれば、一番安いものを選ぶのに……

数パターンのセレクトを見比べて、結局奈々実は、手触りが心地いいという理由で、乳白色のニットワンピースにハイウエストのジャケットとショートブーツの組み合わせを選んだ。

「白は貴女の髪の艶《つや》を引き立たせると思うわ」

奈々実の選択に、オーナーも満足げに頷く。

その言葉にはにかみながら、そっとニットに指を滑らせる。

軽く優しい手触りは、誰にも踏まれていない新雪を連想させた。触れているだけで幸せな気分になってくる。

同時に、繊維メーカーに勤めていた奈々実には、この素材がかなり上質なものだとわかってしまうので困るのだが。

それでもどれかを選ばなければいけないのであれば、これがいいと思った。

奈々実が覚悟を決めたのを察したように、女性は履物を用意して彼女をフィッテングルームへ案内した。

着替えてフィッテングルームから出ると、女性はシュシュでゆるく纏《まと》めていた奈々実の髪を解き、大粒のラインストーンがあしらわれたバレッタで髪を結い直してくれた。

さらには仕上げとばかりに化粧までしてくれる。

見計らったようなタイミングで店に戻ってきた篤斗は、着替えた奈々実を見るなり嬉しそうに目を細めた。

「綺麗だな」

自分に真っ直ぐ向けられた、彼の言葉がくすぐったい。

その様子を見ていたオーナーが笑う。

「若様にも、花を愛《め》でる心の余裕が生まれたようですわね」

安心したと笑う彼女の言葉に、篤斗は軽く肩をすくめた。

「仕事が忙しいくらいで、花の美しさを忘れたりしないよ。ただ心惹かれる花が、なかなか現れなかっただけだ」

そこで一度言葉を切った篤斗は、奈々実を一瞥《いちべつ》して意味深に笑う。

「だから自分から花を咲かせにいくことにした」

そう言って、金額を確認することなくオーナーにカードを渡す。

奈々実は、彼の言葉にどう反応すればいいかわからない。

困り顔でおとなしくしている間に支払いが終わり、篤斗に手を引かれる。

「行こう」

「あ、えっと……」

「それとも、また抱き上げて運んでほしいか？」

からかいまじりの篤斗の言葉に、慌てて首を横に振る。

残念そうに肩をすくめた篤斗は、奈々実の手を引いたまま歩き出した。

「――っ！」

店を出た瞬間、吹き付ける北風に奈々実は首をすくめる。

「大丈夫か？」

篤斗は繋いでいた手を解き、風から守るように奈々実の肩を抱き寄せて車までエスコートしてくれた。

「あの……こういうのは……」

千華がいるのに……と、戸惑う奈々実に、助手席のドアを開けた篤斗が顔を寄せて囁《ささや》く。

「俺はまだ君のものなんだから、これくらい当然だろう？」

「……？」

意味がわからないと目をまん丸くする奈々実に、篤斗が言う。

「金を返さなくていいってことは、俺を二百万で買ったということだろう？」

「それは、一夜のことだけで……」

慌てて首を横に振る奈々実に、篤斗は口角を上げて強気な笑みを浮かべた。

「俺はまだ、二百万円分の愛情を、君に与えていない。夜も昼も、とことん甘やかして愛情を注《そそ》ぐから覚悟しておけよ」

二百万円分の愛情を売ってほしい――昨日、なかったことにしたはずの言葉を、彼は歌うような軽やかな口調で口にする。

そのことに戸惑い、大きく目を見開いて動きを止めた奈々実に、篤斗が唇を重ねてきた。

「――ッ」

「危ないぞ」

不意打ちの口付けに体勢を崩した奈々実を支えて助手席に座らせる。そのまま地面に片膝をついた篤斗は、真っ直ぐ視線を合わせてきた。

「俺を買う覚悟はあったんだよな？」

そう微笑んだ彼には、有無《うむ》を言わせない迫力がある。

「今さら逃げることは許さない。二百万円分の愛情をきっちり受け取ってもらう」

なんだか妙な流れになってきたと頬を引き攣《つ》らせる奈々実に、篤斗は強気な顔でそう宣言するのだった。

おかしなことになっている。

――どうやったら、この状況から抜け出せるのかな……

◇◇◇

都内の高層マンションの玄関先で、目の前に積まれた荷物を見る奈々実はため息を漏らした。

篤斗が暮らしているこのマンションは、一人で暮らすには部屋数が多くて一つ一つの間取りがかなり広い。なので、大量の荷物が運び込まれてもあまり窮屈《きゅうくつ》さを感じなかった。

何故奈々実が篤斗のマンションで彼に代わり大量の荷物を受け取っているかといえば、まだ二百万円分の愛情を注《そそ》いでいないと言い張る篤斗に、彼の暮らすマンションへ連れてこられたからだ。

しかも彼は、契約期間が終わるまで自分の部屋にいてもらいたいと言って譲らなかった。

彼の部下として働いていた奈々実には、篤斗の表情を見るだけで、その意見を覆《くつがえ》すのが難しいことが容易に理解できた。その結果、奈々実は今、こうして都内の高級マンションに半ば軟禁されている。

「なにかご不足がありましたか？」

玄関先で荷物の受け取りのサインを待っていた濃紺のスーツ姿の男性が、奈々実に不安そうな眼差しを向けてくる。彼の隣にはもう一人、荷物を運ぶ手伝いをしていた女性もいて、同じような表情をしていた。

百貨店の外商である彼らが過剰なまでに奈々実の顔色を気にするのは、このたくさんの品を部屋に届けさせた篤斗を気にしてのことだろう。

「いえ。荷物の量に少し驚いただけです」

奈々実は微かな笑みを添えて言葉を濁《にご》す。

その言葉に、外商の二人は納得した様子で頷いた。

「遠矢様のお気持ちかと」

サインした伝票を受け取る男性が笑顔で言うと、もう一人の女性もそれを補足する。

「遠矢様より、最高の品をと仰せつかり、責任を持って選ばせていただきました。お気に召していただけると幸いです」

「ありがとうございます……」

室内までの荷物の搬入を断ったこともあり、二人は玄関先で挨拶《あいさつ》を済ませて帰って行く。

その背中を見送った奈々実は、玄関に積まれた荷物にため息を漏らした。

外商が二人がかりで運んできたそれらの品は、彼女がここで生活するための服や下着、化粧品といったものだろう。

――本当に、おかしなことになってる……

両手で拳《こぶし》を作りこめかみを揉む奈々実だが、いつまでもこうしていたって埒《らち》が明かないと、持てる分の荷物を抱えてリビングへ向かった。

紙袋に印刷されているロゴからして、どれも若い女性に人気のあるファッションブランドの品ばかりのようだ。

奈々実だって年頃の女性として、雑誌やネットでそれらの店の商品を目にして購買意欲を刺激されたことはある。だが、自分には似合わないという思いと堅実な金銭感覚から、これまで購入に至ることはなかった。

だからこそ、今の状況は奈々実にとって、喜びより不安を覚えてしまう。

「これ、幾らなんだろう？」

リビングに運んだ紙袋から中身を取り出し、ため息を漏らす。

これらの品がマンションに届いた理由は、昨夜奈々実が「必要なものを取りに家に戻りたい」と言ったせいだろう。

智子の家から連れ出された奈々実は、食事をした後、そのまま彼の暮らすマンションに連れてこられた。けれど正しくは、一度事情説明を兼ねて智子の部屋に立ち寄っている。

そこで奈々実は、篤斗の紹介で再就職の目途《めど》が立ち、急だけど研修に参加することになったと説明しつつ、二、三日分の荷造りをしてきたのだけれど、動揺していたせいか色々足りていなかった。

——まさかあの言葉から、こんなことになるなんて……

あの日から三日、篤斗は自分の言った言葉を実行するかの如《ごと》く奈々実を大事に扱ってくれる。

仕事にはきちんと行くが、普段の彼からは考えられないほど早く帰ってくるし、帰宅後は奈々実に寄り添い映画鑑賞や食事を楽しんで時間を過ごす。

温かな毛布に包まれているような彼との時間を心地よく思えば思うほど、奈々実はここにいるのが怖くなる。

彼には婚約者がいるのだと常に言い聞かせていないと、彼の優しさに溺《おぼ》れてしまいそうだ。

——篤斗さんの優しさは毒だ……

突然家に押しかけ、無茶苦茶な理由でここに連れてこられた時は戸惑うばかりだったが、面倒見がよく部下思いの篤斗だ。きっと結婚するはずだった部下が婚約破棄のショックでヤケを起こすのではないかと、心配しているのだろう。

自分が目を離した隙に、奈々実がなにかしでかしてはいけないと、自宅マンションに連れ帰ったに違いない。

そう思うと、彼が毎日急いで帰ってくることにも、奈々実を一人で外出させないように外商に商品を届けさせたことにも一応は納得がいく。

酔った勢いとはいえ、奈々実の誘いに乗ったことで、余計に責任のようなものを感じているのかもしれない。

――彼の優しさは同情でしかないのだから、勘違いしては駄目。

部屋に運び込んだ荷物を眺めて、奈々実はそっとため息を吐く。

「私、いつまでここにいたらいいんだろう」

篤斗の言葉を借りるのであれば、彼が二百万円分の愛情を奈々実に与えるまで、ここにいることになる。

別に、本当に軟禁されているわけではないので、奈々実がその気になりさえすれば、いつでも出て行くことはできた。

ただ鍵がないので、一度外に出ればオートロックのこの部屋に戻ることができなくなるだけだ。

それを怖いと思ってしまう自分が怖い。

届けられた品をぼんやり眺めていると、スマホが鳴った。

確認すると篤斗からのメッセージだ。

商品が届いたか確認すると共に、もしデザインなどが気に入らない場合はすぐに新しいものを届けさせるから教えてほしいとある。

奈々実は慌ててお礼と喜んで使わせてもらう旨を返信した。

そしてそう返してしまった以上、袋をそのままにしておくわけにもいかず、奈々実はのろのろと包装を解いていく。

服に下着に化粧品だけでなく、服に合わせたアクセサリーまである。そのどれもが甘さを含んだ女性的なデザインのものばかりで、普段の奈々実の装《よそお》いとはかけ離れていた。

もしこれを指示したのが篤斗だとすれば、自分は彼のタイプではないということになる。

「……って、なに考えているんだか」

ただの同情で優しくされているだけなのに、割り切ったはずの恋心が刺激され、あるはずもない二人の未来を考えてしまう。

なに不自由のない環境で一日中彼のことを考え、その帰りを待っている生活を送っているから、こんなふうに思ってしまうのだろうか。

そんなことを考えつつ窓の外に目をやると、曇天《どんてん》が広がっていた。部屋の中は空調が整えられているので、今が冬であることをつい忘れてしまう。

このままここで、彼の優しさに包まれていたら、身動きできなくなりそうだ。

それがわかっているのに、ここを出て行かない自分は、既に彼の醸《かも》し出す毒にやられているのだろう。

彼の優しさは、甘くて依存性のある毒だ。

きっと自分は、今以上に彼の毒に溺《おぼ》れて、正しい判断ができなくなっていく。

もしも今、篤斗に愛人になれと言われたら、喜んでそれを受け入れかねない。

そんな、これまでの自分ではあり得ない選択をしてしまいそうなほど、奈々実は彼の毒に侵《おか》され始めていた。

◇◇◇

金曜日、トウワ総合商社の本社ビルを訪れていた篤斗が一階ロビーを歩いていると、その場に居合わせた社員がさりげなく道を譲ってくれる。それは篤斗が、現会長の孫であり次代のトウワ総合商社を担う存在と目《もく》されているからだろう。

普段なら祖父の威光に過剰反応する周囲を煩《わずら》わしく思うが、今日はさほど気にならなかった。

一人エレベーターに乗り込んだ篤斗は、すぐにスーツの内ポケットからスマートフォンを取り出す。

移動中に奈々実にメッセージを送ったところ、すぐに返事が来ていたようなので、人の目がなくなったこのタイミングで確認する。

メッセージには、こちらが一方的に送りつけた品物へのお礼の言葉が綴《つづ》られていた。

それを見て、篤斗はしてやったりと悪戯《いたずら》っ子のような笑みを浮かべる。

——言葉では感謝しているけど、内心困っているだろうな。

部下であった奈々実の性格は承知している。

生真面目で甘えることが苦手な彼女は、誰かになにかをしてもらうことに慣れていないらしく、篤斗がなにかする度に喜びより困惑の色を濃くしている。

そんな顔を見せられると逆に、彼女が素直に喜んでくれる瞬間が見たくて、贈り物をはじめとして色々したくなるのだった。

そして律儀な性格の奈々実は、お礼を言った以上はと、自分の贈った品々を使ってくれるだろう。

多少強引でも、彼女の周りを自分が与えたもので満たすことができたらどれだけ幸福か。

そうやって奈々実を自分に溺《おぼ》れさせて、蕩《とろ》けるように甘やかして、自分なしでは生きられないと思ってくれたら最高だ。

「ヤバいな……」

奈々実に触れた時から、こうなる予感はあった。

だが自分が奈々実を求めているほど、彼女が自分を欲していないこともわかっている。

バーで偶然の再会を果たしたあの日、らしくなく酔った彼女は、篤斗に「貴方の愛情」と言った直後に、苦しげな表情で「時間」と言い直した。

そこに彼女の本音がある。

彼女が欲しているのは、悔しいが彼女を捨てた男の愛情だろう。

だから自分との関係を後悔して、翌朝金だけ残して姿を消したのだ。

それならそれで諦めればいいものを、どうしてもそうすることができなかった。

奈々実を自分の手元に留めておきたくて、「まだ二百万円分の愛情を注《そそ》いでいない」なんて、無茶苦茶な理由で彼女をマンションに連れ込むなんて、我ながらどうかしている。

それでも、誰よりも彼女の側にいて惜しみなく愛情を注《そそ》ぎ続けることで、彼女が自分を愛してくれる可能性に賭けてしまうのだ。

まさか自分が、ここまで無様に一人の女性に執着するとは思いもしなかった……

苦笑いを零す篤斗はスマホを胸ポケットに戻す。

奈々実と繋がっていると思うだけで、ニヤける自分は相当にヤバい。

さすがにこの先は感情を切り替えねばならないと、篤斗は表情を引き締めて最上階でエレベーターを降りた。


会長室を訪れ、千織のこれまでの業績と今後の事業展開についての報告をした篤斗に、会長であり父方の祖父である遠矢久直《ひさなお》が尋ねる。

「調子はどうだ？」

直立する篤斗に対し、久直は執務机に座ったままだ。

加齢により瞼《まぶた》のハリが失われたとはいえ、眼光の鋭い彼に見上げられると、睨《にら》まれているような印象を受ける。

社員を威圧して存在感を示すことが、トップとして君臨する者の正しい姿と信じて疑わない祖父の姿勢を、篤斗は常々時代錯誤だと思っていた。

そもそも出向先の業績報告を社長を飛び越して、先に会長に報告させること自体、権利の濫用もいいところなのに。

「問題ありませんよ」

そんな思いを押し殺して、篤斗は笑みを添えて返す。

篤斗の言葉に鷹揚《おうよう》に頷いた久直は、「お前はアレのようになるなよ」と言う。

彼が言う「アレ」とは、彼の息子であり篤斗の父である遠矢光孝《みつたか》のことだ。会長となり一線から退いて尚主導権を握りたがる祖父の重圧に耐えられず、心と体のバランスを崩した父だが、今は回復して社会復帰している。自分の期待に応《こた》えられなかった息子を「アレ」と言い捨てる祖父に、内心眉を寄せながら無表情で聞き流す。下手《へた》に反論して無駄な議論をするよりも、聞き分けのいい人間のフリをしておいた方が面倒が少ないからだ。

「それでは失礼します」

報告が終わった以上、ここにいて不快な思いをする必要はないと、篤斗は一礼して踵《きびす》を返す。

すると背後から、久直の命令口調が飛んできた。

「来週の金曜日の夜は空《あ》けておけ」

「なにか予定でも？　仕事ですか？」

足を止めた篤斗は、視線だけを祖父に向ける。

「パーティーに出席してもらう」

「パーティー？　誰の主催ですか？」

主催者によっては仕事の範疇《はんちゅう》だし外せない場合もある。だが今は、なるべく奈々実と過ごす時間を優先したい。

下手《へた》に反抗すると祖父の怒りは両親に向くので、普段はこういった言葉には従うことにしているが、今は状況が違う。

だが篤斗が従うと疑っていない久直は、不機嫌に眉を寄せた。

「詳しくは、後で中川《なかがわ》に連絡させる」

中川とは、長年久直の秘書を務めている男のことだ。

質問を返されたことが不快だったのか、それだけ言うと久直は煩《わずら》わしげに手を払い、篤斗に退室を促《うなが》す。

「わかりました」

そう返した篤斗はそのまま会長室を後にした。

そして廊下に出ると、同じフロアにある社長室へ足を向ける。

事前にアポを取っていることもあり、執務室の前に控える秘書に会釈《えしゃく》してドアをノックすると、すぐに「おう、入れ入れ」と快活な声が返ってきた。

「失礼します」

いつでも機嫌がよさそうな新垣大二郎《あらがきだいじろう》の声に、先ほどまでの会長室との違いに笑ってしまう。

篤斗が部屋に入ると、執務用のデスクから立ち上がった社長の新垣が大股で応接用のソファーに移動して、篤斗に着席を勧める。

大学時代は勉学よりアメフトに専念したという新垣は、五十を過ぎた今でも背筋の伸びた引き締まった体をしており、どことなく熊を連想させる。

「忙しいんだろ。ちゃんと遊んでるか？」

着席する篤斗に、膝を叩いて新垣が言う。

いくつになっても体育会系のノリが抜けない新垣の話し方に、社長としてもう少し威厳のある振る舞いをした方がいいのではないかと思わないでもないが、篤斗は日々の忙しさを楽しむこの男が嫌いではなかった。

現在、トウワ総合商社の社長を務める新垣は、創業家である遠矢家とは縁戚関係にない。彼は、篤斗の父がリタイアした後、実力によって選ばれた社長だった。

だが自己顕示欲の強い祖父としては、自分の血縁にいない者がトウワ総合商社の社長の座に就いていることが腹立たしいようで、孫である篤斗を社長にしたくて仕方がないらしい。

ビジネスの場も実力主義なのだから、血統でなく才覚のある者が選ばれて当然だと思うのだが。

そんなことを思いつつ、新垣にも久直に告げた業務報告を繰り返す。新垣は問題ないと軽く手を上げた後、篤斗に「来週のパーティーに誘われただろう？」と、悪戯《いたずら》っ子のような顔で言う。

「よくご存じですね」

「デスクワークが増えたおじさんは、噂話が好きだからな」

からかいまじりの新垣の表情に、なにかしらの含みを感じ取った篤斗は顔を顰《しか》めた。

するとその表情を待っていましたと言いたげに口角を上げた新垣が、大手銀行頭取の名前を口にする。

篤斗がその家に自分と同年代の孫がいたことを思い出したのと同じタイミングで、新垣に「そこでお前は将来の花嫁とご対面することになるらしいぞ」と告げられた。

一瞬脳裏を掠めた嫌な予想をそのまま言葉にされて、篤斗は大きくため息を吐いた。

「お仕着せの嫁と結婚する気はないです」

「それは俺じゃなく、自分のジイさんに言え」

冷めた声で返す篤斗に、新垣が肩をすくめる。

「言って通じる相手なら、とうに理解しているはずでしょう」

父が退職する際、祖父はそれを許す条件として、大学卒業間近だった篤斗に、トウワ総合商社に入ること、自分の選んだ女性と結婚することを提示してきた。

その時はトウワ総合商社に就職する気でいたし、結婚という言葉になんの現実味も感じられなかったので承諾した。だが、結婚を意識する年齢になってからは、その気はないと散々伝えてきた。

「今回の千織の出向が終わったら、本社に戻して自分の選んだ娘さんと結婚させ、俺の対抗馬として後継者教育に本腰を入れるつもりらしいぞ」

「勝手なことを……」

独裁的で人の話を聞かないというか、自分に都合のいい話にしか耳を傾けない祖父にとって、篤斗の意見はただの雑音にしか思われていなかったらしい。

見合いを勧めても篤斗が応じないからと、外側から進めることにしたようだ。

「情報はやった。後はまあ、うまくやれ」

新垣にとっては他人事《ひとごと》なのだろう。

気軽な口調で言って、指をヒラヒラさせた。

「そうします。家族だからといって、自分の人生を祖父にくれてやる気はありませんから。俺がトウワ総合商社に入ったのは、ただ純粋に世界を相手にするこの仕事が性に合っていたからです」

コンクリートやプラスチックといった基礎素材に始まり、千織のように技術に投資して販売に繋げていくことや、企業を一から立ち上げていくこともある。

篤斗は、常に未来を見据えたこの仕事が楽しくて仕方がないのだ。

「優秀すぎるのが仇《あだ》になったな」

「……？」

なにを言われているのかわからない。篤斗が首をかしげると、新垣はやれやれといった様子で肩をすくめる。

「会長は自分の血筋こそが優秀だと信じて疑わない。そりゃもう、妄執《もうしゅう》と言っていいレベルだな。とはいえ会長だって、今の時代に大企業の社長職は世襲制でやっていけないことぐらい理解していたさ。少なくとも強引に社長の椅子に座らせた遠矢が打ちのめされる姿を目《ま》の当たりにした際に、そのことは認めざるを得なかったはずだ」

同期だった新垣にとって「遠矢」は篤斗の父を指す。ちなみに久直は「会長」で、篤斗は「お前」や「なあ」で済まされることが多い。名前で呼ぶ時は「篤斗君」になる。

懐《なつ》かしそうに遠矢の名を口にする新垣は、両手を組み合わせたまま、その指で篤斗をさして言った。

「だけど孫のお前が優秀すぎたから、息子は駄目でも、孫に自分の血統の正当性を証明してもらえると夢見てしまったんだろうよ。お前は仕事に関係ない話は、よほどのことがない限り意見を対立させたりしないからな。会長にはお前が聞き分けのいい従順な分身のように見えているのさ」

新垣の言葉に、篤斗は視線を落としてため息を零した。

「くだらない。期待と支配は違うでしょう」

そもそも自分が祖父の分身だというのなら、従順であるはずがない。

思わず漏れる篤斗の本音に、新垣が返す。

「まあ、お前の商売勘が創業家の血の成せる業《わざ》と言われれば認めざるを得ないくらいには、俺もお前のことを買っているがな」

「それはどうも」

その言葉に、篤斗は柔らかな笑みでお礼を告げる。

自分が認めている相手に認めてもらえるのは、素直に嬉しい。

篤斗が笑ったことで、室内の空気が和《なご》んだ。

お互いに忙しい身なので、それを合図に雑談を終わらせようと篤斗は立ち上がった。

退室しようとする篤斗に、新垣が興味本位といった感じで尋ねてくる。

「結婚を意識するような相手はいないのか？　いるならさっさと結婚しちまえよ。そうすれば、会長も諦めがつくんじゃないか？」

その言葉に、篤斗は顎《あご》に指を添えて「なるほど」と呟いた。

「それはいいかもしれませんね」

これまでは結婚なんて面倒なだけだと思っていたが、今は結婚こそ奈々実を自分に繋ぎ留める最良の方法ではないかと考えてしまう。

スッと目を細め甘美な表情を浮かべる篤斗に、新垣が驚きに目を見開く。

「意外だな、お前にそんな顔をさせる女がいるのか」

新垣の言葉に、篤斗が艶《あで》やかに笑って言う。

「一方的に決めた人はいますよ」

奈々実の姿を思い浮かべ目を細める篤斗に、新垣が苦笑いを浮かべた。

「そりゃ気の毒だな」

「……？」

「自覚がないようだが、お前さんはあの会長の孫だ。自分でこうと決めたら、相手の都合なんてお構いなしに、それは決定事項として動くだろうからな」

つまり気の毒なのは、篤斗にロックオンされた奈々実ということだろう。

自分でも否定できないので、篤斗は肩をすくめて社長室を後にした。

◇◇◇

夜、玄関の扉が開いた気配に、キッチンに立っていた奈々実は手を軽く拭いて迎えに出た。

「お帰りなさい」

奈々実が玄関に顔を出すと、篤斗が表情を綻《ほころ》ばせる。

恋人でも妻でもない自分がこうやって毎晩彼を出迎えることに抵抗はあるが、ここが彼の部屋である以上、他にかける言葉はない。

「服、似合ってる」

嬉しそうに目を細める篤斗に、奈々実は気恥ずかしさからもじもじしてしまう。

今日届けられた服の中から自分なりにコーディネートして、袖《そで》が大ぶりな柔らかい色合いのニットにフレアスカートを合わせ、料理の邪魔にならないよう髪をシュシュで束ねて横に流していた。

届いた服はどれも可愛いと思うが、普段の自分ならきっと選ばないだろう服を着るのはどうにも落ち着かない。

「奈々実は肌が白いから、淡い色合いの服も映えるよ」

「……そうですか」

再会してしばらくは、奈々実をどう呼ぶか決めかねている様子でいた篤斗だが、一緒に暮らすようになって、自然とファーストネームで呼ぶようになっていた。

彼に甘い声で呼ばれる度、胸が騒ぎ、どう反応すればいいのか悩む。

困った奈々実の表情を楽しむように眺めていた篤斗が、なにかに気付いた様子でクンクンと鼻を動かした。

「本当に料理してくれたんだ」

「食材を、ありがとうございます」

奈々実が買い物に行きたいと言った理由に、食材の買い出しも含まれていた。

普段外食で済ませる篤斗には家で料理をするという概念がないらしく、冷蔵庫にはワインやミネラルウォーターの他に、チーズや生ハムといったツマミのようなものしかなかったのだ。

家で食事をする際も、基本宅配サービスを利用していて調理をすることはないとのことだった。

留守番中も食事時になれば篤斗の手配した食事が届くのでなにも困らないのだけれど、なにもせず甘やかされているだけの奈々実としてはどうにも落ち着かない。

そんな思いを篤斗に話したところ、外商が届けた品物の中に食材も含まれていた。

居候《いそうろう》している代わりに食事を作ることを申し出たが、いざ料理をしてみると、それはそれで出しゃばった行動のように思えた。

「こっちこそ、ありがとう。嬉しいよ」

蕩《とろ》けるような笑顔でそう言われてホッとする。

靴を脱ぐ篤斗に手を差し出して鞄を預かろうとしたら、篤斗はそれを違う意味に受け取って奈々実を抱きしめてきた。

突然の抱擁《ほうよう》に驚いて息を吸うと、彼の纏《まと》うコートから冬の夜気が肺に流れ込んでくる。

日が暮れたこの時間、外はさぞかし寒かったことだろう。

冷えた彼の体を温めたくて篤斗の広い背中に手を回すと、奈々実を抱きしめる腕に力が入った。

「あの……」

息苦しさを感じるほどの抱擁《ほうよう》に奈々実が軽く背中を叩くと、やっと腕を解いてくれた。

「着替えたら、夕食を食べさせてくれる？」

嬉しそうに問いかけながら、篤斗が着替えるために寝室へ向かう。

「あの、調理器具がフライパンしかなかったので、あまり凝《こ》ったものは作ってないですよ」

変に期待されても困るので、篤斗の背中にそう声をかける。

調理をしようとして気付いたのだが、包丁とまな板はあったが調理器具はフライパンが一つしかなかったのだ。それも引っ越し祝いにでももらったのか、未使用の状態でシンク下の収納庫に放置されていた。

篤斗はそんなことを意識してもいなかったのだろう。

奈々実を振り返り目をパチクリさせた。

「それは悪かった。明日にでも届けてもらうように言っておく。……いや、明日は休みだから、一緒に買いに行った方が早いか」

ネクタイを緩める篤斗は、妙案を思い付いたといった感じで言う。

その提案に、奈々実は咄嗟《とっさ》に首を横に振る。

「わざわざ、買わなくてもいいです」

「……そう？」

残念そうな顔をする篤斗だが、奈々実が望まない調理器具を買いに行くのも変だと思ったのか、わかったと頷くと寝室の扉を閉めた。

閉められた扉に額《ひたい》を押し付け、奈々実はため息を吐く。

これ以上自分のためのものが増えるのは、ここが自分の居場所であると勘違いしそうで怖い。

扉越しに彼の気配を感じ、どうしようもない愛おしさに心が支配されていく。

許されるなら今すぐこの扉を開けて、あの日と同じように彼と愛し合いたいという衝動に駆られる。

このマンションに連れてこられた日から今日まで、一緒に寝ることはあっても篤斗が自分を求めてくることはなかった。

——駄目だ……

愛は毒だ。人から簡単に冷静な判断力を奪ってしまう。

彼が自分に向ける優しさは、ただの同情でしかない。わかっているはずなのに、愛という感情は世界を甘い色に染め上げ、愛されているという幻想を奈々実に見せてくる。

その幻想に溺《おぼ》れてしまえば、幸せかもしれない。だけど、甘い幻想はあくまでも幻想でしかないのだ。

幻想が甘く幸せなものであればあるほど、目が覚めた時に辛くなる。

──だとしたら、私の選ぶ道は一つ。

奈々実は扉を軽くノックして、中に向かって話しかける。

「篤斗さん、もう十分です。明日、ここを出て行きます」

声が震えないように注意しながらそう言うと、勢いよく扉が開き、ワイシャツのボタンを途中まで外した篤斗が姿を見せた。

「どうして？」

「もう二百万円分のあ……優しさをもらいました」

困惑の表情を浮かべる篤斗に、奈々実は無表情でそう返した。

愛情と口にできず言葉を濁《にご》してしまったのは、自分の弱さだ。

それでも、これ以上弱さを見せまいと、奈々実は唇を引き結んで篤斗を見上げた。

「嫌だっ！」

なんの迷いもなく返す篤斗は、奈々実の手を掴むと自分の方へと引き寄せる。

「嫌って……」

交渉でもなんでもない、小さな子供が駄々をこねるような物言いに戸惑ってしまう。

篤斗はそんな奈々実を抱きしめたまま、じりじりと体を移動させてベッドへと近付いていく。

そしてそのまま優しい動きで奈々実をベッドに押し倒す。

「っ……あの？」

ベッドのスプリングに体が跳ねるが、上から篤斗に体を重ねられてすぐにマットレスに沈み込む。

中途半端にはだけたシャツから、彼の骨太で形のいい鎖骨が覗く。

それと同時に、篤斗の纏《まと》うフレグランスが奈々実を包み込んだ。

心が警鐘《けいしょう》を鳴らす。

「篤斗さんっ」

ベッドから投げ出された膝下をバタつかせ、体を横へねじった。

しかし彼の抱擁《ほうよう》からは逃れることができず、背中から強く抱きしめられる形になってしまう。

「逃げるな」

暴れる奈々実を優しく宥《なだ》めるように篤斗が告げる。彼は奈々実の髪を優しく撫でながら尋ねてきた。

「ここを出てどこに行く？　地元にでも戻るつもりか？」

ここで曖昧《あいまい》な言葉を返せば、きっと彼は自分を心配してここから出してはくれないだろう。

だから奈々実は、真摯《しんし》に言葉を返す。

「親とは折り合いが悪いので、地元には帰りません。マンスリーマンションを借りて、就職活動を始めます」

そう言った奈々実の首筋に、篤斗の吐息がかかる。温かい彼の唇が、緊張して強張《こわば》る肌に優しく触れた。

「……奈々実は、どんな家庭で育ったんだ？」

それを聞いていいのか、一瞬の躊躇《ためら》いが肌に触れる息遣いから伝わってくる。

奈々実の知る篤斗は、好奇心で人の心の内側に踏み込んでくる人ではない。なので、尋ねられたことに驚く。

奈々実は言葉を選びながら、自分の家族について答えることにした。

「私の母は、父を愛しすぎて心のバランスを壊している人でした。浮気性な父に自分だけを愛してほしくて、父に向ける憎しみは父に似た私で発散し、父の前ではものわかりのいい寛容な妻を演じていました」

嫉妬や怒りといった苛立ちを全て奈々実にぶつけ、心の均衡を保っていた母。そうやって両親は今も離婚せずに家庭を維持している。年齢を重ねたことで父の浮気性が治まり、母は父を自分のものにした。最後に父の愛を勝ち取ったと誇らしげに笑う母は、そのために散々傷付けてきた娘の痛みになど一生気付かないのだろう。

「父が離婚しなかったのは、たぶんその作業が面倒なだけだったからだと思いますけど」

冷静に話しつつ、奈々実は自分のこれまでを振り返る。

父しか愛していない母にも、家庭を愛せない父にも、手放しの愛情を与えられた記憶はない。

衣食住の保障はされていたが、ただそれだけの家庭で育ち、大学進学を機に家を出て、どうにか内定をもらえた会社で必死に仕事をして、自分で自分を養ってきた。

死にたくなるほど不幸ではなかったが、愛されてきたわけでもない。

そんな過去がどうしても、奈々実の心をすくませる。

「以前篤斗さんは、身を焦がすような恋をしてみたいと言いましたよね？」

その言葉に篤斗が「ああ」と頷くと、奈々実は苦い笑いを零した。

「私から見れば、愛や恋といった感情は毒です。その毒に侵《おか》されていた母は現実が見えてなくて、自分に都合のいい夢に溺《おぼ》れて生きています。そんな母を好きになれなかったからこそ、私は身を焦がすような想いがなくても、穏やかな家庭を築きたいと思ったんです」

「悪かった」

ずっと静かに話を聞いていた篤斗が、抱きしめる腕に力を込める。

「なんで謝るんですか？」

「言いにくいことを言わせた」

強く抱きしめられたことで、背中越しに彼の体温を感じた。

「そう思うなら、この辺で手放してください。篤斗さんの優しさは、私にとっては毒と同じなんです」

私は愛されるのも愛するのも怖いと切実な願いを口にすると、背後で篤斗が静かに息を吐いた。

「……わかった」

「ありがとうございます」

その言葉にホッとすると同時に、何故か見捨てられたような心許《こころもと》ない気分になった。

「ただし条件が一つある」

「……？」

軽く首を動かした奈々実の耳元に、篤斗が顔を寄せて甘く掠れた声で囁《ささや》く。

「奈々実の時間を二百万円分、俺に売ってくれ」

「それじゃあ……」

彼と過ごす時間が長引く上に、奈々実が篤斗に払ったお金が戻ってくるだけだ。

思わず体を捻《ひね》って見上げると、真剣な表情をした彼と視線が重なる。

「俺を助けてくれないか？」

「え？」

助けるという言葉に思わず反応すると、そんな奈々実の額《ひたい》に口付けを落として篤斗が言う。

「これはビジネスの話だ。期間は来週末まで。それなら、ここを出て行くのが一週間先に伸びるだけだからいいだろう？」

奈々実を心配しての方便だとしたら、この話は断るべきだ。だが、もし本当に困っていて、奈々実で役立てることがあるのならば助けたいと思う。けれど、これ以上長く彼と過ごしてしまったら、自分の覚悟がぐらついてしまいそうで怖い。

返事を躊躇《ためら》う奈々実に、篤斗が予想外のことを言う。

「来週の金曜日のパーティーで、俺の恋人役を演じてほしいんだ」

「……？」

千華がいるのに何故……という疑問が湧くが、それと同時に納得する思いもあった。

ここで暮らした数日間、彼に特定の女性がいるとは思えなかった。

婚約者はおろか、恋人の気配すら感じない。そもそも、もし特定の女性がいるのなら、篤斗は奈々実を自宅に泊めたりはしないだろう。

なにより篤斗と千華が婚約したという話は、千華から聞かされただけだ。

けれど、それならお揃いの腕時計に説明がつかない。

篤斗に尋ねれば答えをくれるのかもしれないが、それを確認する勇気がなかった。

難しい顔をして黙り込む奈々実の額《ひたい》に再び口付けを落とした篤斗は、説得するように言葉を重ねる。

「ここを出て行くにしても、準備期間はあった方がいいだろう。働くにしろ、住む場所を決めるにしろ、情報収集をして事前準備をしておくに越したことはない。それなら、俺も安心して君を見送ることができる」

「確かに、それはそうかもしれませんけど……」

奈々実だって、彼に心配をかけたいわけじゃない。

それでも返事をしかねる奈々実に、篤斗が切ない声で囁《ささや》く。

「安心しろ、俺は君を愛していない」

「……」

愛したくないし、愛されたくないと言いながら、篤斗の言葉に胸が苦しくなった。

グッと唇を噛んで痛みをやり過ごす奈々実に、篤斗が続けた。

「だけどこの役は、君じゃないと困る。だから俺を助けてくれ」

――ズルい。

そう思うのに、心は彼の言葉に溺《おぼ》れていたいと駄々をこねる。

「……わかりました」

葛藤の末奈々実が頷くと、篤斗は嬉しそうに目を細めるのだった。

4　愛していないから

篤斗に自分の時間を売ることを承諾してからの一週間。奈々実はそのまま篤斗のマンションで過ごしながら、とりあえずの住む場所とエントリーシートを送る数社の企業を決めた。

企業を決めるにあたっては篤斗がかなり相談に乗ってくれて、正直ありがたかった。

住む場所に関しても、次の仕事が決まってから探した方がいいと言ってくれたが、さすがにそれは断り、マンスリーマンションを契約した。明日の土曜日にはこのマンションを出て行くことになっている。

最初こそ彼の提案に戸惑ったが、今では落ち着いて次に進むための準備期間をもらえたことに感謝していた。

結局篤斗には、助けられっぱなしだ。

――できれば、あのお金は受け取ってほしいんだけどな……

どう考えても、奈々実が一方的に助けられてばかりなのだから、せめてお金だけでも受け取ってほしいのだけど、篤斗にそのつもりはないらしい。

今日のパーティーの件は、奈々実にお金を返すための口実なのかもしれないと思った。

「とはいえ……」

頼まれたことはやらないと、と奈々実はスマートフォンの地図アプリで店の場所を確認する。

パーティーは、都内のホテルで夜に開かれるとのことだ。

仕事がある篤斗は、職場から直接会場に向かい、現地で奈々実と落ち合うことになっている。

篤斗はホテルで着替えるそうだが、奈々実は会場に来る前に彼が予約した店でドレスアップしてきてほしいと頼まれた。

今日のパーティーがどういったものなのかわからないが、わざわざ以前連れて行かれたセレクトショップでトータルコーディネートをするくらいには、格式の高いものなのだろう。

店は高級住宅街と言われている地区にあり、周囲には高級感漂《ただよ》う戸建ての民家が多い。

そのためこれといったわかりやすい目印が少ない。

都内とは思えない広さの住宅が並ぶ路地を歩いているうちに、不安になってくる。

――本当にこっちであってるんだよね……

地図アプリと現在地を見比べていた奈々実は、自分の少し前に佇《たたず》んでいる年配男性に気付いて足を止めた。

品のいいタイトなデザインのコートに、グレンチェックのマフラーと革手袋でしっかりと防寒した紳士的な雰囲気の男性は、メモと周囲を見比べている。

どうやら彼も自分同様、地図を頼りに目的地を探しているらしい。

つい気になって彼の動きを目で追っていると、相手がそれに気付いて奈々実に近付いてきた。

不躾《ぶしつけ》な視線を向けていたことを怒られるかと身構えたが、相手はホッとした様子で奈々実に持っていたメモを差し出してきた。

「すみませんが、この店の場所をご存じないですか？」

男性が耳に心地よい声で質問をしてくる。

「妻にお使いを頼まれたのだけど、場所がわからなくて困っているのだが」

そう言われて紙片を確認すると、今から奈々実が行こうとしていた店の名前が書かれていた。

「このお店、今から私も行くんです」

「それはすごい偶然だね」

奈々実の言葉に、男性が驚く。

「スマホの地図だと、そこを右に曲がればすぐみたいですよ」

奈々実が手を動かしながら説明すると、相手が柔らかに笑う。人の心を和《なご》ませる笑い方に、奈々実も表情を解して一緒に歩き始めた。

「今日はお休みですか？」

連れ立って歩く男性が、奈々実に問いかける。

穏やかな口調にこちらを探るような嫌な感じは少しもなく、奈々実も自然な口調で返した。

「いえ。実は色々あって仕事を辞めたばかりで、今は就職活動中なんです」

「なるほど。人生は長いし、違う世界に飛び出してみるのもいい経験だと思うよ」

ちなみに彼は今日、有休消化のための休みだそうだ。

何気ない会話をしながら目的地である店に辿《たど》り着くと、男性は扉を引いて奈々実に先に入るように勧めてくれる。

その気遣いに会釈《えしゃく》でお礼を告げて、奈々実は中に入った。

「すみません。遠矢篤斗の名前で予約が入っていると思うのですが……」

一度来たことはあるが、初対面のスタッフもいるのでそう名乗りながら入店する。すぐ側で男性が驚いたように息を呑む気配がした。

不思議に思って振り向くと、男性が奈々実をマジマジと見つめている。

「……？」

さっきまでとはなにかが違う男性の眼差しに首をかしげると、相手は困ったように目を細めた。

「妻のお使いを、もう一つ忘れていたことを思い出してしまってね。先にそちらの用を片付けてくるよ」

なるほどと、彼の微かな動揺の気配を理解する。

小さく首を動かす奈々実に、男性は軽く手を振ると扉を閉めて出て行った。

「どなたか、お連れの方が？」

店の奥から出てきたオーナーには、男性の姿は見えなかったのだろう。

「このお店に用があった人と、偶然一緒になったんです。後で来ると言っていました」

そう説明するとオーナーも納得して、奈々実を店の奥へと案内してくれた。

千織での業務を定時で終えた篤斗が駅へ向かおうとした時、控え目なクラクションの音が聞こえた。

◇◇◇

音に反応して視線を向けると、見覚えのある高級車がヘッドライトを明滅させてこちらに合図を送ってくる。

冬の夕暮れは早く、暗い中で街灯に照らされる運転手の顔は見えない。だが車の主《あるじ》がわかった篤斗は、軽く手を挙げて車に近付く。

「こんなところで、なにをしているんですか?」

下がっていくウィンドウ越しにそう声をかけると、運転席でハンドルに頬を預けている新垣が呆れた様子で息を吐く。

「お前を待っていたに決まっているだろ。俺もパーティーに出席することになったから会場まで乗せていってやるよ。マンションには寄らなくていいんだろ?」

篤斗がいつも会場にパーティー用の衣装を準備させていることを知っていての言葉だ。

既にタキシード姿の新垣が顎《あご》の動きで乗車を促《うなが》してくるので、篤斗は車の助手席に乗り込む。

「送迎車を付けてもらえるとは、重役待遇ですね」

そう笑ってシートベルトを締める篤斗に、新垣が「ぬかせ」とぼやく。そしてそのままの声音で付け足した。

「銀行頭取のお孫さんは、今日のパーティーを欠席してくれるとさ」

ため息を吐きながら新垣が車を発進させる。

「お手数をおかけしました」

「今日のパーティーにお前が他の女性を連れて行くなんて聞けば、動くしかないだろ。相手はウチとも付き合いのある家なんだから」

「すみません」

新垣の性格上、それを知れば先方の体面を傷付けない形でどうにか話を収めてくれるだろうと踏んでいた。

謝罪を口にする篤斗に、確信犯の匂いを感じ取った新垣がケッと鼻を鳴らす。

「遠矢のことをあっさり切り捨てた会長のやり方には俺も思うところはあるし、お前の気持ちもわからんでもない。それにしたって、普段のお前ならもっと上手なかわし方ができただろ？」

新垣が「遠矢」と呼ぶのは、彼と同期であった父のことだ。

「ですね。ただ俺としては、いっそのこと、ここで祖父の顔を潰してしまうのも悪くないんじゃないかと思っていたんですけどね」

祖父の目論見《もくろみ》どおりに動く気などさらさらないが、普段の篤斗なら相手に恥をかかせるようなことはしない。

「愛は怖いですね」

自分の行動の理由にしみじみ納得しつつ篤斗が言うと、新垣はもう一度「ぬかせ」と笑う。

新垣は冗談だと思っているかもしれないが、それが事実なのだ。

トウワ総合商社に入り、後継者候補として経験を積んできた篤斗だ。当然、自分には社長の椅子に座るだけの能力があると思っているし、そのために目の前の階段を着実に上り、周囲に実力を示してきた。しかし今、もしトウワ総合商社の後継者候補という立場を守るために、奈々実以外の女性と結婚しろと言われたら、迷わずそんな立場は捨ててしまえる。

――それに……

これまで積み上げてきたものを全て捨てても構わないと思えるほどの愛情を自覚したことで、初めて気付かされたことがある。

「祖父が愛しているのは、自分と会社だけでしょう」

会社を去った父を心配することなく「アレ」呼ばわりし、孫の人生を自分の思いどおりにしようとする祖父の気持ちが、ずっと理解できずにいた。

身内に対しても常に支配的な祖父の振る舞いは、家長としての威厳や責任の表れだと思っていたが、あれは違う。

トウワ総合商社創業家に生まれた自分の地位を愛し、その地位を誇示できる会社という組織に執着している。祖父にとっての家族は、自分の地位を守るための道具でしかないのだ。だからこそ、あそこまで冷淡に家族を扱えるのだろう。

「まあ……なぁ」

ビジネスの場では、自分よりよほど長く祖父の側にいる新垣が、言葉を濁《にご》す。つまりそれは、否定することができない事実ということだ。

「俺は、そんな老人の自己愛の犠牲になる気はありません」

くだらないとため息を吐く篤斗を、新垣が「おお、怖ぁ」と茶化すが、口元がやけに嬉しそうだ。

「……？」

その表情が意味するところはなんだと視線で問うと、新垣が「これからの方が、人生が面白くなるぞ」と言ってから言葉を続ける。

「これまでのお前は、人生の到達地点が同じなら過程はどうでもいいと、会長に反発することなく従ってきた。だがそういう生き方は味気ないだろ？　欲しい女も、会社のトップの座も、どうせなら自分で取りにいった方が面白いぞ」

「そんなものですかね？」

今の篤斗は、奈々実さえ手に入れられればそれだけでいいのだが。

「それに俺としては、お前が会長の駒としてではなく、自分の意思でのし上がってきてくれると色々助かるんだ。優秀な部下を手放すことなく、会長派の発言力を削《そ》ぐことができるからな」

どうやら彼の狙いはそこにあるらしい。

快活に笑う新垣の姿に、篤斗はやれやれと肩をすくめた。

そうして窓へ視線を向け、明日部屋から出て行く予定の奈々実を思う。

彼女の話を聞いて、奈々実にとって強すぎる愛情は恐怖なのだと知った。

そんな彼女に一方的に愛を囁《ささや》いたところで、受け入れてはもらえないだろう。

怖いことから逃げ出す。それは人間の本能だ。

だったら彼女が逃げていかないよう、まずはよき理解者、親切で頼りになる相談相手として彼女の側にいられるようにすればいい。

奈々実になら一方的に利用されても構わない。ただ便利なだけの男としてでもいいから彼女の側にいたかった。

どれだけ時間がかかっても、篤斗の愛が彼女を傷付けないとわからせてみせる。

愛について語るのは、その後でいい。

「ヤバいな」

新垣の存在を忘れて、気付くとそう呟いていた。

奈々実に愛されるためなら、きっと自分はなんでもする。

会社を辞めてもいいし、新垣の犬になっても構わない。

そんなふうに思ってしまう自分は、確実に奈々実の言う愛という毒に侵《おか》されているのだろう。けれど、それが怖いほどに心地いい。

もうこの甘美な毒を知らない頃には戻れないと、篤斗は思った。

◇◇◇

篤斗が予約しておいてくれたセレクトショップで身支度を済ませた奈々実は、店のスタッフが手配してくれたタクシーでパーティー会場のホテルへ向かった。

過去に一度だけ、スイーツビュッフェに来たことのあるそのホテルは、枕詞《まくらことば》に高級や名門という言葉が添えられる老舗《しにせ》だ。ロビーに入っただけで風格を感じる。

——私、浮いてないかな？

ホテルのクロークにコートを預けた奈々実は、窓ガラスに映る自分の姿を確認した。

普段、簡単に纏《まと》めている髪は、緩いウエーブをつけて下ろしてある。奈々実の髪は艶《つや》のあるダークブラウンで、見る角度によって印象が変わる。纏《まと》めるよりも下ろした方が人目を引くというのがオーナーの弁だ。

身に纏《まと》う真紅のドレスは、レース使いが美しいハイウエストのデザイン。肌が白く腰の細い奈々実にはよく似合うと、これもセレクトショップのオーナーから太鼓判《たいこばん》を押されたが、どうにも自信が持てない。

それでも窓ガラスに映る姿は、普段の自分とはまったく別の、洗練された大人の女性のように見えた。

落ち着かない思いのまま、奈々実は篤斗と落ち合う約束をしたロビーの奥のラウンジを目指す。

人で賑《にぎ》わうロビーを通り抜けようとした時、誰かに名前を呼ばれた気がして足を止めた。

周囲に視線を巡《めぐ》らせると、少し離れた場所によく知る人の姿を見つけて顔を強張《こわば》らせる。

「相原……さん？」

どうしてここに彼女がいるのだろう。

着飾った千華は人混みを器用にすり抜けて奈々実に歩み寄ってくる。

その途中、千華に進行を妨げられた老人が不愉快そうに眉を寄せた。しかし千華は、まったく気に留めることなくはしゃいだ声を出す。

「やっぱり奈々実ちゃんだ。似てる人がいるなぁって、思ったんだ。どうしてこんなところに？　結婚して、どこかの田舎《いなか》に引っ越したんじゃなかった」

それを説明するには、ここは人が多すぎる。それに、篤斗とのことを千華に話すのは躊躇《ためら》われた。

「相原さんこそ、どうしてここに？」

不快げにこちらを睨《にら》んでいる老人に頭を下げ、千華の腕を引いて道を譲る。

奈々実の動きで杖をつく老人の存在に気付いた千華だが、詫びることなく奈々実に視線を戻す。

そんな彼女の態度に老人の表情がますます険《けわ》しくなった。

千華は老人など見えていない様子で、可愛らしく唇に人差し指を添えて自慢げに話し始める。

「私はねぇ、今日は遠矢さんとデートなの。彼の婚約者として一緒にトウワのパーティーに出席するのよ」

「誰だ、この嘘吐き女は」

突然、辺りに響き渡るような冷たい声がして、千華の笑顔が凍りついた。

容赦なく彼女の発言を否定したのは、先ほどから不快げに千華を睨《にら》んでいた老人だ。

「なに、この人ッ」

柳眉《りゅうび》を逆立てた千華が老人を睨《にら》むが、対する相手は汚い物を見るような蔑《さげす》みの眼差しを返してくる。

「お前こそ遠矢家の婚約者を騙《かた》るとは、どこのアバズレだ？」

――遠矢家の婚約者を騙《かた》る……？

老人の言葉の意味に奈々実が眉をひそめたタイミングで、別の方から慌てふためいた様子で男性が駆け寄ってくる。

「会長、どうかされましたか？」

現れた男性は、奈々実もよく知る人物だった。

――社長……

久しぶりに見る千織の社長の姿に、挨拶《あいさつ》をするべきか悩むが、どうも今はそんな雰囲気ではないらしい。

「こいつは？」

黙って状況を見守る奈々実の前で、会長と呼ばれた老人がお付きの男性に問いかける。

男性の耳打ちに、老人が鷹揚《おうよう》に頷いた。

「千織のか。で、それは？」

「私の娘ですが、なにか失礼を……」

その言葉に、老人は鼻に皺《しわ》を寄せて息を吐き出した。

「その娘は、ワシの前で自分は孫の婚約者だと堂々と吹いておったぞ」

つまりこの老人は、篤斗の祖父でありトウワ総合商社の会長ということだ。

――名前は確か、遠矢久直。

フル回転で記憶を探り、奈々実はその名前を思い出す。

「なんですってっ！」

思いがけない言葉を聞かされた社長が、目を白黒させた。

その側で、千華が泣きそうな顔で唇を噛んでいる。その顔を見れば、篤斗の婚約者であるという彼女の言葉が嘘だったのは明白だ。

その事実は奈々実に驚きよりも納得をもたらした。

会社にいた頃は気付かなかったけれど、篤斗の家で暮らしていれば千華の言葉が嘘だったと察せられた。

何故なら、篤斗の態度や部屋の雰囲気からも、不自然なほど千華の存在を感じることがなかったからだ。

たとえ政略結婚だったとしても、さすがに不自然すぎる。

「千華……お前、なんでそんなことを……っ」

オロオロする千織の社長の言葉に、千華は視線を落としたまま答えない。

「そもそも、なんで親子でここにおる？　千織に二人分の招待状を送った覚えはないぞ」

「その、娘がどうしても来たいと言って……」

しどろもどろに話す社長に、遠矢会長が苛立たしげに息を吐いた。

「親子揃って常識がないようだな。そんなんで、ようちの傘下に入れたものだ……」

「あの、もう少しお言葉や場所を選ばれてはいかがでしょうか？」

このまま延々と暴言を吐き続けそうな会長を、奈々実が控えめな声で止める。

すると会長はゆらりと視線を動かし、奈々実を睨《にら》んだ。

確かに千華の振る舞いは褒《ほ》められたものではないが、ここでこれ以上騒ぐのは誰のためにもならない。

パーティーの参加者かどうかは不明だが、自分たち同様着飾った人たちが遠巻きにこちらの様子を窺っている。

篤斗の祖父の社会的地位を考えれば、ここで感情のまま千織の二人を糾弾《きゅうだん》するのは体面上もよくないはずだ。

そんな思いから仲裁に入った奈々実を、久直が鋭い眼差しで睨《にら》む。

「キサマ、何様のつもりだ？　なんの権限があってワシに意見している？」

さっきまで相原親子に向けていた怒りを、そのままの熱量で奈々実に向けてくる。その表情には、傲慢《ごうまん》さが滲《にじ》み出ていた。

その様子から、もしかすると敢えて公衆の面前で誰かを罵倒《ばとう》することで、周囲に自分の権威を見せつけているような気もしてくる。

それはもう、ただの弱い者いじめでしかない。

「ご気分を害されたのならすみません。ただ、この場には他のお客様もいますし」

そう言って周囲に視線を巡《めぐ》らせると、客だけでなくスタッフも遠巻きにこちらを窺っていた。

歴史ある高級ホテルのスタッフなら、こういう騒動の対処も心得ているだろうに、すぐに仲裁に入ってこないのは遠矢会長を恐れてのことだろうか。

「そもそもお前はなんでワシを止める？　この娘はワシの孫の婚約者を騙《かた》ったんだぞ。公衆の面前であらぬ噂を立てられて、ワシが黙っておれるわけがないだろう」

この怒りは正当なものだと語気を強める久直は、奈々実と相原親子を順番に睨《にら》む。

千華が吐いた嘘に思うところはあれど、周囲の視線を浴びながら肩を小さくしている相原親子を見て見ぬフリはできない。

どうすればこの場を収められるかわからず唇を引き結ぶ奈々実に、久直が意地悪く言う。

「それともお前が、その二人に代わってワシに土下座でもして詫びるか？」

「……っ」

暴言にもほどがある。

公衆の面前で弱りきっている者をさらに追い込む彼に、相手を思いやる気持ちは微塵《みじん》もない。

悔しさに奥歯を噛みしめる奈々実の肩に、誰かの手が触れた。

大きく男性的な手の感触に、奈々実の心が大きく脈打つ。

そのまま大きな手に肩を引かれて体が後ろへ傾く。次の瞬間、奈々実の体は包み込むように抱きしめられていた。

「篤斗さん」

「遅くなってごめん」

顔を蒼白にさせる奈々実に篤斗が微笑む。

その笑顔にホッと体の力を抜くと、篤斗が笑みを深くする。直後、彼は表情を引き締めて遠矢会長を厳しく見据えた。

「自分より立場の弱い相手を追い詰めて、なにになると言うんですか？」

奈々実の知る彼とは別人のような冷たい声に、周囲の緊張感が増す。だが、久直が態度を改める気配はない。

むしろ、表情を険《けわ》しくしていく。

「ワシがなにをした？　遠矢家の婚約者を騙《かた》ったこの親子に、正当な苦情を述べているだけだ。それだけのことに、この女が横から口を挟んで騒ぎを大きくしただけだ」

自分はなにも悪くない。

悪いのは奈々実や相原親子だと主張する。

そんな久直に視線を向けられた相原社長は、深く頭を下げた。

「会長はいつでもそうですね。悪いのは自分ではなく自分を怒らせた周囲。そうやって自分の権威を見せつけているつもりかもしれませんが、傍目《はため》には癇癪《かんしゃく》持ちの老人が暴言を吐いているようにしか見えませんよ」

「なんだとっ！」

篤斗の言葉に、久直はカッと目を見開きなにかを言おうとするが、篤斗はその言葉を待たず「行こう」と奈々実の肩を抱いて歩き出す。

「どこに行くっ」

くるりと背中を向ける篤斗に、久直の鋭い声が飛んでくる。篤斗は、ちらりと久直を振り返って言う。

「会長の近くにいると、いつ悪者にされるかわかったものじゃないので帰るんです」

その言葉に久直が怒鳴る。

「パーティーはこれからだぞっ！」

「自分の用は済んだので」

まったく心のこもらない声で返した篤斗は、奈々実の肩を抱き寄せて続ける。

「今日のパーティーに出席したのは、会長に彼女を紹介したかったからです」

「誰だ、そいつは？」

「私にとって唯一無二の女性です。今日は、彼女以外の女性と結婚する気はないと、会長にご報告するために来たんです」

「……」

突然の篤斗の宣言に、奈々実だけでなく周囲も息を呑む。そんな中、不快極まりないといった感じで眉根を寄せた久直が口を開いた。

「色恋に目が眩《くら》んで、妄言を吐くとは愚かにもほどがある」

吐き捨てるような久直の言葉に、篤斗が楽しげに目を細めて首を左右に振る。

「私は別に妄言など吐いていませんよ。何故なら、私は彼女を愛していませんから」

「……？」

意味がわからないと怪訝《けげん》な顔をする久直の表情をひとしきり味わうと、篤斗は「では」と一礼して奈々実の肩を抱いたまま歩き出した。

「おい、これは何事だ？」

出口を目指す篤斗に、大きな螺旋《らせん》階段を下りてきた男性が大声で聞く。大柄で存在感のあるタキシード姿の男性は、迷わず篤斗へ駆け寄ってきたことから知り合いなのだろう。

「予定通りとは言えませんが、会長への挨拶《あいさつ》が終わったので帰ります」

「なんだとッ」

篤斗の言葉に、男性は綺麗に整えられていた髪をくしゃくしゃに掻きむしる。

そして久直たちのいる方へ視線を向けた後、篤斗の肩を叩いた。

「ったく、俺に感謝しろよ」

そう言って、篤斗の背中を出口の方へ押す。

「感謝します」

篤斗が男性に向かって一礼する。慌てて奈々実も深く頭を下げた。すると、奈々実とすれ違い様に、タキシード姿の男性が優しく微笑んでくれた。

「あの、篤斗さん……」

戸惑って篤斗と男性を見比べていると、彼が硬い声を出した。

「これでいいんだ。こちらが心を砕いて話せば、あの人にも気持ちが届くのではないかと期待した俺がバカだった」

そう告げる篤斗の声が苦しそうで、奈々実はそれ以上なにも聞けず、ただ彼に寄り添って歩いた。

◇◇◇

奈々実の肩を抱いて会場を後にした篤斗は、エントランスでタクシーに乗り、ドアが閉まると同時にマンションの名を運転手に告げる。

タクシーが緩やかに動き出したところで、篤斗はシートに深く背中を預けた。

「悪かった」

大きく息を吐き、眉間を揉みながら篤斗が言う。

「……？」

何故彼が自分に謝るのかわからない。

不思議そうな顔をする奈々実に、眉間に手を当てたまま篤斗が視線を向けてきた。

「祖父のせいで、奈々実に嫌な思いをさせた」

「そんな、私こそ出過ぎたことを言いました」

奈々実は膝の上で拳《こぶし》を作り、もっと言葉を選べばよかったと後悔を滲《にじ》ませる。

篤斗の祖父の振る舞いは、確かに褒《ほ》められるものではないだろう。それでももう少しうまく仲裁ができていれば、彼の祖父をあそこまで怒らせることはなかったかもしれない。

その言葉に、篤斗は緩く首を振る。

「奈々実が常識に外れたことを言うとは思わない。正しい言葉に対して聞く耳を持たないのは祖父の問題だ」

「……」

彼の信頼に胸が熱くなる。

「ただ、確かに祖父は気難しい人だが、ああいう公《おおやけ》の場であそこまで感情を露《あら》わにすることはないのだけど……」

公衆の面前で感情を露《あら》わにしていた久直の姿を思い出したのか、篤斗が拳《こぶし》で眉間を強く押す。

「それはたぶん、相原さんの言ったことが原因だと思います」

久直の振る舞いに問題があったとしても、怒るだけの理由はある。

奈々実は千華の吐いた嘘が、そもそものきっかけであることを説明した。

「……なんでそんなことを」

奈々実の話を聞いた篤斗が、怪訝《けげん》な表情で首をかしげる。

篤斗には理解できない話なのだろう。

そんな嘘を吐いたところで、結婚できるわけではないのだから。

だけど奈々実には、千華の気持ちが理解できてしまう。

「それだけ、篤斗さんのことが好きなんですよ」

愛は毒だ――つくづく、そう思う。

奈々実の知る千華は愛され上手な甘えっ子という印象だが、決して非常識な子ではない。

そんな彼女が、いつかはバレると知りながら婚約者だと嘘を言ったのは、篤斗を愛していたからこそだろう。

たとえ嘘でも、その間は彼の婚約者でいられる。

篤斗にしてみれば迷惑な話かもしれないが、千華の吐いた嘘に騙されて他の男性と結婚を決め、仕事まで辞めた奈々実としては、妙な仲間意識を持ってしまう。

「愛は人から冷静さを奪ってしまう。……君が言ったとおりだな」

奈々実の話を聞いた後、しばらく考え込んでいた篤斗が苦く笑う。

「……」

隣で難しい表情で黙り込む彼がなにを思っているのか想像して、奈々実はドレスの胸元を強く握りしめる。

『私は彼女を愛していませんから』

わかりきっていたはずの篤斗の言葉が、胸に突き刺さって苦しい。

それでいて、久直に対して奈々実を唯一無二の女性で彼女以外と結婚する気はないと紹介したのは、これ以上強引に結婚話を進められては迷惑だという彼なりの意思表示なのだろう。

その相手に自分を選んだのは、たまたま側にいたのが奈々実だったからか、二百万を返す理由にちょうどよかったか、そんなところだろうか。

そう考えると、彼が本気で自分との結婚を望んでいないことがわかる。それなのに奈々実の恋心は、愚かにも万に一つの可能性を期待してしまっていた。

「奈々実、大丈夫か？」

胸元を押さえたまま黙り込む奈々実に、篤斗が気遣わしげな視線を向けた。

「色々とごめんなさい」

「なにが？」

奈々実の言葉に、篤斗が不思議そうに目を瞬《また》かせる。

「私のせいで、篤斗さんに迷惑を……」

――貴方を愛してしまって。貴方の優しさに妙な期待を持ってしまって。

言葉にできない思いを呑み込み、奈々実はそう言って頭を下げた。

そんな奈々実の髪を優しく撫でて、篤斗は首を横に振って薄く笑う。

「違う。奈々実が、俺を救ってくれたんだよ」

「……？」

自分が彼を救うようなことが一つでもあっただろうか……

不思議に思う奈々実がその言葉の真意を確かめる前に、タクシーが目的地に到着してしまった。

マンションのエントランスに車が停まり、篤斗が精算を済ませる。

会話が途切れたことで、心に浮かんだ疑問を言葉にするタイミングを失った奈々実の手を引いてタクシーを降りた篤斗が言う。

「俺には、君が必要なんだ」

「――っ！」

思いもしなかった言葉に驚いた奈々実は、篤斗に手を引かれるまま彼のマンションへ戻った。

「私が篤斗さんの役に立ったことなんてないです」

色々なことがありすぎて混乱していた奈々実がその言葉を口にできたのは、リビングのソファーに腰を下ろした後のことだった。

奈々実をソファーに座らせ、飲み物を持って戻って来た篤斗が不思議そうに目を瞬《またた》かせた。

「本気でそう思っているのか？」

水の入ったグラスを手渡して隣に腰掛けた篤斗が問う。

それを一口飲んだ奈々実は、コクリと頷いた。

再会してから自分は篤斗に迷惑をかける一方で、役に立つようなことをした覚えがない。

篤斗は奈々実からグラスを取り上げて目の前のテーブルに置くと、彼女の手に自分の手を重ねた。

「今、奈々実が隣に座っている。それだけで俺はこんなに幸せな気持ちになっているのに」

どうしてそれがわからない？　そんな視線を向けながら、篤斗は引き寄せた奈々実の手を自分の頬に触れさせる。

そして彼は、甘えるようにそっと瞼《まぶた》を伏せた。

「……」

無防備に自分に甘えてくる篤斗の姿に、抑えようのない愛おしさが込み上げてくる。

この感情に呑み込まれてはいけないと手を引こうとするけれど、篤斗がそれを許してくれない。

それどころか伏せていた瞼《まぶた》を開け、情熱的な眼差しをこちらに向けてくる。

「祖父にはああ言ったが、俺が君を愛することを許してくれないか？」

切なさを滲《にじ》ませた甘い声で囁《ささや》き、篤斗は奈々実の手を握る手に力を込めた。そうしつつ、もう一方の腕を奈々実の腰に回して引き寄せてくる。

彼がなにを求めているかはわかる。だからこそ、自分は早くこの手を振り解かなくてはいけないのに、心が彼に引き寄せられていく。

逆らえない引力に導かれるように、奈々実は彼の唇を受け入れてしまう。

数秒唇を重ねるだけの優しい口付けを解くと、篤斗が懇願するような眼差しを向けてくる。

「俺のことは愛さなくていい。便利な男として利用するだけでいいから側にいてくれ。そうしてくれたら、世界中の誰よりも君を幸せにしてみせる」

彼ほどの人が、どうして自分にこんな言葉をくれるのだろう……

ひどく難解な問題を投げかけられた気がして、奈々実は彼の腕から逃れることも忘れて動きを止めた。

「篤斗さんを利用なんてしません」

数秒遅れで再起動した脳が、彼の優しさに甘えてはいけないと警鐘《けいしょう》を鳴らす。

今さらながらに離れようとする奈々実を、篤斗が強く抱きしめた。

「君との関係が続くなら、一方的に利用されるだけでも俺は幸せなんだ。誰かを愛することが怖いと言うのなら、愛してほしいとは言わない。でも、俺が君を愛することだけは許してほしい」

そう言って再び篤斗が奈々実に唇を重ねてきた。

「そ……そんな、どうしてそこまで」

どうにか言葉を絞り出す奈々実に、篤斗が苦く笑う。

「我ながらみっともないと思うが、それでも自分の気持ちに嘘はつけない」

なりふり構わない自分を恥じるどころか誇らしそうに語る篤斗が、奈々実を強く抱きしめた。

「愛してくれとは言わない。それでもいいと思うくらい、俺は君に毒されているんだよ」

逞《たくま》しい腕の中で聞く愛の言葉に、それだけで心が蕩《とろ》けてしまう。

愛とは毒だ。

その思いは変わらない。

なのに、あれほど恐れてきた毒が、今、自分を包み込もうとしている。すごく怖いのに、それを心地よいと思ってしまう自分がいた。

そんな奈々実の逡巡《しゅんじゅん》を読み取ったように篤斗が囁《ささや》く。

「諦めて、俺の愛に溺《おぼ》れろ」

「ずる……い」

つくづくそう思う。なのに、心は歓喜で震えていた。

「知ってる。お前が好きすぎて、なりふり構っていられないんだ」

奈々実の言葉に、篤斗がそっと笑う。

彼は奈々実をしっかり抱きしめたまま体を反転させた。

「――っ」

そうすることで、奈々実は篤斗の下に組み敷かれてしまう。

奈々実の乱れた髪を優しく手櫛《てぐし》で整える彼の指を心地よく思いながら、真摯《しんし》な眼差しを向けてくる篤斗を見上げた。

嫉妬に狂う母の姿を心の底から醜《みにく》いと思った。だから自分は、あんなふうに愛に溺《おぼ》れる女になりたくなかった。

けれど、これまでの自分の行いを振り返って思わず苦笑してしまう。

「バカみたい」

綺麗な琥珀《こはく》色の彼の瞳を見つめて、奈々実が呟く。

そして右手で篤斗の頬を撫でた。

「バカで結構」

ニヤリと笑う篤斗に、奈々実は緩く首を振る。

「バカなのは私の方です」

愛したくないと言いながら、ずっと彼のことが好きだった。仕事にやりがいを感じていたのに、他の女性と結婚する彼の姿を見たくなくて逃げ出した。勢いで他の男性と結婚を決めて、二度と彼と会えない場所に行こうとした……。

そんな自分の行動の根底には、全て彼への愛があったのに——

彼の頬に添えていた手を首に回し、自分の方へ引き寄せる。

そのまま唇を重ねると、篤斗が驚いたように息を呑むのがわかった。

「私はずっと前から、貴方に溺《おぼ》れていたんです」

唇を離して奈々実は言う。

自分は既に彼への愛に溺《おぼ》れていて、冷静さを失っていたのだ。

二百万円で彼の愛情を買おうとしたり、言われるまま彼のマンションで暮らしたり。

そうかと思えば、見えすいた千華の嘘を信じて彼から離れようとしたり。

我ながら、冷静な部分が一つもない。

そんな愚かな自分を自覚した今、奈々実も正直な気持ちを篤斗へ返そうと思った。

「私が怖いのは、貴方を愛することじゃなくて、貴方に愛されなくなった時、醜《みにく》い女の部分を晒《さら》してしまうかもしれないことです」

嫉妬に狂う母を見てきたからこそ自分がそうなることも、その姿を愛する人に見せることも嫌だった。

一度言葉を切った奈々実は、もう一度自分から彼に口付けをして言う。

「私を嫉妬に狂う醜《みにく》い女にしないでください。綺麗な心のまま、ただひたすら貴方を愛し続ける私でいられるように、約束してください」

もちろんそのために、自分も努力が必要だとわかっている。

それでも彼に約束してほしいと思うのは、少しでも強く彼の心を自分に縛りつけておきたいと願ってしまうからだ。

奈々実の言葉に、篤斗が目を微かに大きくした。

思いがけず渡されたプレゼントに戸惑っているような彼の表情に、愛おしさが込み上げてくる。

「当然だ。生涯をかけて俺の愛情全てを君に捧げる」

首筋に顔を埋《うず》め、耳朶《みみたぶ》をくすぐるように唇を動かして篤斗が囁《ささや》く。

その一言で心が熱く震え、世界が一変したように感じた。彼の一言で、自分の世界が塗り変えられてしまうほど、とっくに彼の愛に溺《おぼ》れていたのだ。

「貴方を愛しています」

彼の愛に溺《おぼ》れる覚悟を決めた奈々実に、篤斗が弾《はじ》かれたように顔を上げる。真っ直ぐ彼女の瞳を見つめ、その思いを理解すると、とろんと甘い微笑みを浮かべた。

「ありがとう」

篤斗が奈々実の頬に手を添え、唇を重ねてくる。

そっと重ねた唇をすぐに離して「愛してる」と囁《ささや》くと、今度は強く唇を合わせてきた。

唇で奈々実の唇を押し割り、口内へ舌を押し込んでくる。

柔らかな口内を撫でた舌で、篤斗は奈々実の舌を絡め取った。そして巧みに自分の口内へ彼女の舌を誘い込み、それを味わう。

最初に肌を重ねた時のような荒々しさはなく、優しく丁寧な舌の動きに、自分という存在が蕩《とろ》けていきそうな気持ちになる。

そんなことあるはずがないとわかっていても、濃密な彼の口付けに身を委《ゆだ》ねているうちに、自分が自分でなくなっていくような心許《こころもと》なさを覚えた。

そんな不安から奈々実が彼の首に回した腕に力を込めると、それに応《こた》えるように篤斗も彼女の背中に腕を回す。

互いに体をもつれ合わせるように唇を重ねていると、奈々実の纏《まと》うドレスの裾《すそ》が捲《めく》り上がる。

篤斗は奈々実の脚の間に自分の脚を割り込ませ、膝を上げた。スカートの裾《すそ》がさらに捲《めく》れて、薄いストッキング越しに彼の脚が触れるのを感じた。

上質なタキシードの生地《きじ》は滑《なめ》らかで、ヒヤリとした心地よさがある。

「一生離さないから覚悟しておけ」

甘く掠れた声で告げる篤斗の瞳に、野性的な荒々しさが宿る。

狙った獲物を逃がさない、雄の獣の顔だ。

容赦なく自分を射抜く彼の眼差しに、奈々実の女としての本能が疼《うず》く。

愛する人に強く求められて、本気で逃げられる女などいない。

「離さないでください」

遠慮がちな口調で言う奈々実に、篤斗は当然と言いたげに笑い、再び唇を重ねた。

彼の唇の湿った感触に、奈々実の体にぞわりとした痺《しび》れが走り、臍《へそ》の裏側が疼《うず》く。

「綺麗だ」

唇を離し、少し顔を持ち上げた篤斗が奈々実の乱れた髪を一房掬《すく》い上げる。

恍惚《こうこつ》とした表情で髪に唇を寄せた篤斗が、何故かひどく淫靡《いんび》に思えた。

髪に神経が通っているはずもないのに、奈々実は自分の肌を愛撫《あいぶ》されているような錯覚を覚える。

彼の唇が自分の肌をくすぐる姿が脳裏を掠め、恥ずかしくなって身を捩《よじ》った。

しかし、うつ伏せになるにはソファーの背もたれが邪魔で、中途半端な位置で動きが止まってしまう。その姿勢で背後から彼に抱きしめられてしまい、奈々実は逃げようのない状況に追い込まれた。

そのことに気付いた時には、篤斗の両腕が奈々実の体を包み込んでいた。

「奈々実の髪が好きだ」

そう言って首筋に口付ける篤斗は、少し考えて言い直す。

「……違うな。髪を下ろしている君を初めて見た時、どうしようもなく愛おしさが込み上げてきたんだ。なにがあっても絶対に手放せないと思ったよ」

篤斗は存在を確かめるように、奈々実の髪に顔を埋《うず》めた。

「……そうなんだ」

仕事の時はいつも髪を纏《まと》めていたので、奈々実が彼の前で髪を下ろしたのは、一夜を共にしたあの日が初めてだった。

「あの日、それを告げようとしたら奈々実に逃げられて、俺がどれだけ傷付いたか」

篤斗はコツンとおでこを奈々実の後頭部に当てた。

拗《す》ねた子供のようなその言い方に、つい笑ってしまう。

「ごめんなさい。あの時は、篤斗さんが私とのことを後悔しているんだと思ったんです。だから貴方を困らせたくなくて……」

そんな奈々実の言葉に、苦笑まじりで篤斗が返す。

「バカだな。柄にもなく緊張していたんだ。……それなりに経験はあっても、自分から女性に告白するのは初めてだったから」

背後から聞こえてくる篤斗の声が、いよいよ拗《す》ねたものになる。

いかにも女性慣れした雰囲気を漂《ただよ》わせている彼の思いがけない告白に驚きつつも、臆病だった自分を反省する。

「本当にバカでした……」

自分に一歩踏み出す勇気があれば、こんな遠回りをすることもなかったのに。

「そうだな。俺を本気にさせておいて、逃げられると思っていたんだから」

素直に反省する奈々実の耳朶《みみたぶ》を、篤斗が甘噛みする。

火照《ほて》った耳朶《みみたぶ》に前歯がひどく冷たく感じて、奈々実は驚きから息を吐いた。

「……ぁっ」

わかりやすく反応した奈々実に気をよくしたのか、篤斗はそのまま彼女の耳朶《みみたぶ》を刺激してくる。

耳朶《みみたぶ》の軟骨を甘噛みして噛んだ場所を舌で嬲《なぶ》る。唾液に濡れた彼の舌が耳元で蠢《うごめ》く音が鼓膜をくすぐり、耳だけでなく脳まで弄《もてあそ》ばれているような錯覚を起こさせる。

「奈々実は、耳が弱いね」

耳元で囁《ささや》く彼の甘く掠れた声はやけに淫靡《いんび》だ。

「そんなこと……」

奈々実には、耳が感じやすいのかどうかはわからない。

というより、今の自分の体は篤斗に触れられた場所全てが弱点のようだ。

初めて彼に抱かれた日、篤斗の愛撫《あいぶ》にとことん感じさせられて、自分でも知ることのなかった淫《みだ》らな姿を曝《さら》け出すこととなった。

奈々実はそれをとても恥ずかしく思ってしまう。

「そう。じゃあもっと奈々実の弱い部分を探してみるか」

どこか意地悪さを含んだ声で囁《ささや》き、篤斗は奈々実の首筋に舌を這《は》わせる。

そうしながら奈々実を抱きしめていた手で、胸の膨らみを刺激してきた。

首を少し下げると、節の目立つ男性的な長い指によって形を変える自分の胸が視界に入る。その様子は、奈々実の目にひどくいやらしく映った。まるで心臓を鷲掴《わしづか》みにされ、自分が彼の手で作り替えられているような気がした。

「あぁ……ッ」

優しい指遣いにもどかしさを覚えて、熱い吐息を漏らす。

「もっとちゃんと触ってほしい？」

「やっ……意地悪です」

指先でカリカリと引っ掻くように胸の先端を刺激してくる篤斗を、奈々実が詰《なじ》る。

だけどその声は、自分でもわかるくらいに甘ったるく艶《つや》を帯びていた。

布越しに感じる指の動きは刺激としては弱いのに、やけに艶《なまめ》かしい。

「だけど奈々実は、虐《いじ》められる方が感じるだろう？」

それは前に肌を重ねた時の奈々実の反応から出た言葉なのだろうか。

でもあれは篤斗の与える刺激が巧みすぎて、それほど経験のない奈々実が翻弄《ほんろう》されてしまった結果にすぎない。

「沈黙は肯定の証《あかし》だ」

奈々実が反論する間もなく、篤斗はそう言って彼女の耳や首筋を舌で刺激していく。

「あん……ッ」

艶《なまめ》かしい舌の動きが奈々実の理性を溶かし、否定の言葉を忘れさせる。だが、どこまでも優しい彼の愛撫《あいぶ》に、奈々実は徐々に焦《じ》らされていった。

「……ふぁぁ………あっ」

じりじりと弱火で炙《あぶ》られるような甘い刺激に、奈々実が切なげな吐息を漏らす。

もどかしい刺激から逃れたくて身を捩《よじ》ろうとしても、篤斗の腕に捕らえられていて身動きできない。

わざと焦《じ》らすみたいに胸を刺激していた篤斗の右手が、奈々実の細い腰を撫でた。

「誰より君を愛している俺が、君に酷いことをするはずがないだろ」

その言葉と彼の手の温もりに、体の奥が熱く疼《うず》く。

奈々実の体から緊張が抜けるのを感じ取り、篤斗の右手が大胆に動き始める。

腰のくびれをなぞっていた手が臀部《でんぶ》を撫で、そのままももへ下がり、スカートの裾《すそ》をたくし上げながら脚の付け根を目指していく。

そして下着の中に滑り込んだ手が、奈々実の陰裂をダイレクトに撫でた。

「あぁんっ」

敏感な部分に直接触れられた瞬間、奈々実は鼻にかかった甘い悲鳴を上げた。

「奈々実のここ、すごく濡れているよ」

こちらの羞恥心《しゅうちしん》をわざと煽《あお》るように篤斗が告げる。

「ぁ……やぁあ」

そんなことはないと言うつもりで奈々実が首を動かして喘《あえ》ぐ。

「こんなにここを濡らしておいて、嫌はないだろ」

篤斗が指を動かすと、クチュッと淫猥《いんわい》な湿った音がする。

彼の長い指がしっとりと蜜に濡れる陰裂を撫でるだけで、奈々実の背筋をゾクゾクとした痺《しび》れが走る。

ドレスの広く開いた胸元から滑り込んだ左手が、奈々実の右胸を鷲掴《わしづか》みにした。

先ほどまでの愛撫《あいぶ》ですっかり硬くなっていた胸の先端で彼の手の温もりを感じる。

やっと直《じか》に触れてもらえたことに、奈々実の体は歓喜に戦慄《わなな》いた。

「や……ぁ……っ」

彼の手が触れる全ての場所で、恥ずかしいほどに感じてしまう。

奈々実の胸を揉みしだきながら、もう片方の手で下肢を弄《いじ》る。下着の中で篤斗の大きな手が動く度、奈々実は肩を震わせた。

「ほら。怖くないから、素直になって」

甘く掠れた声が、奈々実の理性を溶かしていく。

優しく奈々実から理性を取り上げている間にも、篤斗の指は淫猥《いんわい》な動きをし続ける。

陰裂を撫でていた指が、奈々実の蜜口に浅く侵入した。それだけで、子宮が疼《うず》きを訴えた。

クチクチと淫靡《いんび》な蜜音を奏でる指先が肉芽に触れ、奈々実の背筋に甘い痺《しび》れが走る。

愛する人に身を委《ゆだ》ねる心地よさに、思わずとろりとした眼差しで息を吐く。

甘美な愛撫《あいぶ》にすっかり脱力していた奈々実は、何気なく視線を彷徨《さまよ》わせた先の光景に驚いた。

電源の入っていないテレビ画面に映る自分は、愛欲に溺《おぼ》れる淫《みだ》らな女の顔をしていた。

「駄目っ」

明るいリビングで服を着たまま、彼の指に翻弄《ほんろう》されている自分がひどく淫《みだ》らに思えて、奈々実は咄嗟《とっさ》に拒絶の言葉を口にする。

「それは、俺を煽《あお》ってる？」

からかうような声に奈々実は体を強張《こわば》らせる。

「こんなにここを濡らして可愛く反応しながら駄目と言われても、俺にはもっとってお願いされているようにしか聞こえないよ」

「ちが……ッ」

奈々実の反論を否定するように、篤斗は蜜壺へ指を沈めてきた。

不意打ちの強い刺激に、奈々実は言葉を呑み込んで身悶《みもだ》える。

篤斗はその反応を楽しむように、蜜壺に指を沈めたまま熟した肉芽を弾《はじ》く。

「あぁ――やぁあっ」

「嫌じゃないだろ。奈々実の中は、すごく素直に俺のことを欲しがっているよ」

それを自覚させるように、篤斗は指をゆっくり動かしていく。

彼の指が動く度に奈々実の媚肉が物欲しげに蠢《うごめ》き、体の奥からとろりとした蜜を溢《あふ》れさせていった。

とめどなく溢《あふ》れる愛蜜が、下着と彼の指を濡らしていくのがわかる。

その間も、乳房は強弱をつけて揉みしだかれており、時折、指で硬く膨らんだ先端を撫でられムズムズとした疼《うず》きが走る。

下着の中で窮屈《きゅうくつ》そうに指を動かしながら、篤斗は奈々実の蜜壺を捏《こ》ね回す。

彼の指は奈々実の感じる場所を的確に捉《とら》えて、執拗《しつよう》にそこを刺激していく。

折り曲げた指が媚肉の皺《しわ》を伸ばすように蠢《うごめ》き、大きくなった水音が奈々実の耳を辱《はずかし》めた。

「あっもぉ……ッ……」

彼の指の動きに翻弄《ほんろう》され、込み上げてくる甘い熱に指先が痺《しび》れてくる。

その熱を持て余して、奈々実は彼の腕にしがみついて喘《あえ》ぎ続けた。

「駄目……ッ……ヤァあっ……感じッ」

泣き声を上げて身悶《みもだ》える奈々実の耳朶《みみたぶ》を甘噛みして、首筋の薄い肌に舌を這《は》わせていく。

「ふぁあっ」

彼が触れる場所全てが性感帯になったようだ。

奈々実は甘い息を漏らしながら、体をビクビクと痙攣《けいれん》させる。

彼の指遣いが巧みすぎて、朦朧《もうろう》とした頭で浅い呼吸を繰り返すことしかできない。

僅《わず》かに曲げた指で内側の感じる場所を擦り上げられると、どうしようもなく腰が震えてしまう。内側から込み上げる甘い痺《しび》れが切なくて、奈々実は身悶《みもだ》えた。

それでも篤斗が与えてくれる刺激は良すぎて、その甘美な責め苦に翻弄《ほんろう》され続ける。

「あ、駄目。……もう。ヤァ――ッ」

一際甘く淫《みだ》らな声を上げ、奈々実は篤斗の腕の中で体を硬直させ、くたりと脱力した。

「達《イ》った？」

奈々実がカクカクと頷くと、篤斗は乱れた髪に口付けながら指を奈々実の中から抜き去る。

その感触に奈々実の腰がぴくりと跳ねた。

篤斗はそのまま彼女の下着に手をかけて脱がせる。

「えっ」

息をするのもままならない愛撫《あいぶ》から解放されて安堵していた奈々実は、下着を脱がされたことに戸惑いの声を漏らした。

「やっと愛していると言ってもらえたのに、これで終われるわけないだろ」

絡めていた腕を解き、上半身を起こした篤斗が奈々実の頬に口付けをして言う。

彼は奈々実の体を抱き起こすと、ソファーを下りて床に座り彼女の膝に口付けた。

そうして篤斗は、中途半端に下ろした奈々実のショーツとストッキングを完全に脱がして、その右脚を持ち上げてソファーの肘掛けに乗せた。

「――っ」

バランスを崩した奈々実は、ソファーに腕を突いて背もたれに寄りかかる。

ドレスのスカートが花のように広がり、かろうじて秘所を彼の眼前に晒《さら》さずに済んでいるが、この姿勢はかなり恥ずかしい。

慌てて脚を戻そうとするけれど、篤斗に足首を掴まれ止められる。それどころか、篤斗は慌ててスカートの裾《すそ》を押さえた奈々実の手まで持ち上げてしまう。

「隠さないで」

そう囁《ささや》き、手の甲に口付けをすると、篤斗は少し意地の悪い視線を奈々実に向けた。

「……」

肉食獣に追い詰められた獲物になったような気がして、奈々実は息を呑む。

口角を持ち上げた篤斗は一度奈々実の脚から手を離すと、ドレスの裾《すそ》をたくし上げ、それを奈々実に握らせる。

「こうやって、俺に奈々実の大事な場所を見せて」

そう命じると、肘掛けの上の脚を再び押さえ、蜜が滴《したた》る場所へ顔を寄せる。

「……キャッ」

敏感な場所に舌が触れた感覚に、奈々実は体をびくつかせる。

ドレスの裾《すそ》で遮《さえぎ》られてその光景を直《じか》に目にすることはないが、見えないからこそ、彼の舌に陰唇を舐《な》められる感触を強く意識してしまう。

篤斗は指で割れ目を押し広げ、唾液に濡れた舌で敏感になった肉芽を刺激する。

ねっとりとした舌で肉芽を転がされると、それだけでまた達してしまいそうだ。

「や、だ、はぁぁ……っ、駄目ッ」

篤斗の舌が動く度、強い悦楽《えつらく》が奈々実の意識を呑み込んでいく。

下半身が彼の熱に蕩《とろ》かされていくようで、奈々実はその快感に喉を反《そ》らせて喘《あえ》いだ。

鼻にかかる甘い声で制止の言葉を口にしながら、本能ではより強い快楽を求めている。

それがわかっているのか、篤斗は熟した肉芽を丹念に舐《ねぶ》り、クチュクチュと淫猥《いんわい》な水音を立てながら奈々実を快楽の高みへと追い立てていく。

迫りくる絶頂に、奈々実はスカートの裾《すそ》を握る指に力を込めた。

膣の奥が収縮して呼吸がどんどん浅くなっていく。

「やぁ……あぁ……ぁあっ。とッ……もぉ……ぁお願……いも……うやめッ」

一層艶《つや》っぽい声で喘《あえ》ぐ奈々実の肉芽を、篤斗が甘く噛む。

その瞬間、瞼《まぶた》の裏で白光が明滅するような衝撃に襲われ、奈々実は悲鳴を上げて体を大きく跳ねさせた。

秘所から顔を上げた篤斗は、蜜で濡れた唇をシャツの袖《そで》で乱暴に拭う。そして絶頂の余韻で息を乱す奈々実に、情欲に濡れた眼差しを向けてきた。

「このましてもいい？」

「……」

そう問われ、避妊のことを聞かれているのか、この場所で続きをすることを聞かれているのか、一瞬悩んだ。だが、すぐにその両方だと理解する。

最初の夜、あのような状況でも避妊を忘れなかった篤斗が確認してくるのだから、彼なりの覚悟があってのことだと伝わってくる。

「……きて」

細く息を吐くような声で奈々実が頷くと、膝立ちになった篤斗がソファーに手をついて奈々実に口付けた。

愛欲にぼやけた脳で自分の蜜の味を感じる。その間に、篤斗は片手で器用にベルトを外し、下着ごとズボンを下げた。

下半身を露《あら》わにした状態でソファーに座り直し、奈々実ににじり寄る。

リビングのソファーは広く、それこそシングルベッドの代わりとして使えそうだ。

篤斗は奈々実の肩を抱きしめ、そっとソファーに押し倒した。

「――ッ」

次の瞬間ドレスの裾《すそ》が大きく広がり、一瞬奈々実の視界が赤く染まる。

それがスカートの裾《すそ》を乱暴に捲《めく》り上げられたせいだと気付いたのは、彼に左脚を持ち上げられた後だった。

「あの……」

自分に情熱的な眼差しを向ける篤斗と視線が重なる。

「俺を夢中にさせる君が悪い」

戸惑いの声を漏らす奈々実のくるぶしに口付けて、篤斗はその脚を自分の肩に担いだ。片脚を高く持ち上げられたことで体が傾き、もう片方の脚をソファーから下ろしてバランスを取る。その拍子《ひょうし》に悦楽《えつらく》で緩んだ蜜口がパクリと開き、奈々実は羞恥《しゅうち》に頬を染めた。

篤斗は奈々実の腰を両手でがっしりと掴み、そのまま体を寄せてくる。蜜でしとどに濡れたももに彼の熱を感じた。

篤斗が覆《おお》い被さるようにして二人の距離を縮めると、陰唇が彼のものを感じて物欲しげにヒクヒクと震えてしまう。

「奈々実、俺を見て」

切なさを感じるほど真摯《しんし》な声で囁《ささや》き、篤斗が奈々実の中へ自身を沈めてくる。

「あぁっ……アァッ」

慣れない角度での挿入に、奈々実は熱い息を漏らす。

自分の中に沈んでくる篤斗のものは、熱いだけでなく相当の大きさがある。

二度の絶頂で淫《みだ》らに蕩《とろ》けた奈々実の中で、篤斗のものが圧倒的な存在感を放つ。

その強烈な質感を、奈々実は呼吸も忘れて味わう。

「奈々実の中が、すごく震えている」

己の昂《たかぶ》りを沈めた篤斗が、恍惚《こうこつ》の息を漏らす。

「あう……あぁぁぁっ」

彼のものに支配されていく感覚に、体が歓喜しているのがわかる。

上り詰めたばかりの敏感な体は、彼のものを受け入れただけで軽く達してしまう。

それでも愛液にふやけた媚肉は、もっと強い刺激をねだるように、彼のものへ絡みつき、きゅうきゅうと雄茎を締め付ける。

「愛してる」

奈々実の体の反応を感じ取り、ゆっくりと腰を進めながら篤斗が囁《ささや》く。

「――っ」

篤斗のものが自分の最奥《さいおう》へ触れた感覚に、奈々実は背中を反《そ》らして熱い息を吐く。

「ここに俺がいるのがわかる?」

そう言って、篤斗は長い指を奈々実の腹部に這《は》わせる。

臍《へそ》の少し下を優しく押されて、奈々実はそっと頷いた。

体の内側と外側だけでなく、視覚や聴覚でも怖いほど彼を感じる。まるで、五感全てを彼に支配されてしまったようだ。

遠矢篤斗という存在は、奈々実にとって強く淫《みだ》らな毒だ。

「もっと……」

その毒を恐れながら、もっと溺《おぼ》れたいと思う。

彼の頬に手を伸ばし、奈々実が甘い声で囁《ささや》く。篤斗は瞼《まぶた》を伏せてその手に頬ずりした。

そして視線を奈々実に向けると、ゆるゆると腰を動かし始める。

彼のもので自分の内側を擦り上げられる感覚に、神経が甘く痺《しび》れていく。

浅く深く腰を揺すられ、奈々実はソファーに指を食い込ませて喘《あえ》ぐ。

熱く大きなもので媚肉を甘く刺激される度に、奈々実の艶《つや》やかな髪がソファーの上で乱れ、それを篤斗が優しく撫でる。

その一連の動作をどれくらい繰り返しただろうか。浅く息を吐く奈々実に篤斗が囁《ささや》く。

「もっと俺を感じて」

「感じ……てるッ」

これ以上ないほど彼を感じているのに……

奈々実が愉悦《ゆえつ》に潤《うる》んだ声で返すが、篤斗はこのくらいでは満足できないと言いたげに首を横に振る。

「俺に身を任せるばかりじゃなくて、奈々実の感じる場所を自分で探して動いてごらん」

「……？」

彼の言わんとすることがうまく理解できない。

それでも奈々実は僅《わず》かに腰を捻《ひね》ってみた。

それは些細《ささい》な変化でしかないはずなのに、僅《わず》かに角度を変えた膣を篤斗のもので擦られると、さっきまでとは異なる痺《しび》れが奈々実を襲った。

「あぁぁあっ」

全身を包み込む甘い痺《しび》れに、奈々実は喉を反《そ》らして喘《あえ》いだ。

リビングに響く嬌声《きょうせい》に、篤斗は満足げに息を漏らした。

「それでいい。そうやって、自分からも快感を追ってごらん」

その言葉に操られるように、奈々実は自分から腰を動かし、貪欲に彼から与えられる快楽を貪《むさぼ》る。

そうすることで奈々実の内側が激しくうねり、彼のものをきつく締めつけた。

苦しげな息を漏らしながら、篤斗は腰を動かしていく。

何度も穿《うが》たれ、限界まで押し広げられた膣は喜悦《きえつ》に震え、蜜を滴《したた》らせる。

淫《みだ》らな愛蜜を潤滑油《じゅんかつゆ》にして、篤斗はなおも激しく腰を打ち付けていった。

「篤斗……」

これまで経験したことのない強い快楽に、奈々実は自分の体が作り替えられていくような感覚に襲われる。

自分が自分でなくなっていくような恐れが奈々実を包み、支配していった。

「篤斗……さ………ッ……もう、駄目ッ」

奈々実が制止を訴えても、篤斗は彼女を追い上げることをやめない。

容赦なく高められる感覚に奈々実の膣がビクビクと震え、視界がちかちかと明滅する。

「キャァ……ぁぁッ」

甘い悲鳴を上げ、奈々実が体を大きく跳ねさせた。

篤斗は肩にかけていた奈々実の脚を下ろす。

局部を繋げたまま脚の角度が変わったことで肉芽が擦れ、強く感じてしまう。

「……ッ」

腰を震わせて体を痙攣《けいれん》させる奈々実の髪を、篤斗が撫でてくれた。

「奈々実の中が俺を締めつけて、すごく気持ちいいよ」

「……んッ」

甘い息を吐く奈々実の腰をしっかりと掴み、篤斗が艶《あで》やかに微笑む。

その微笑みに見惚れている隙に、篤斗は激しく腰をゆすり始めた。

「ヤッもう……」

「無理だ。もう少しだけ我慢して」

荒い息遣いの篤斗は、そのまま夢中で腰を突き動かしていく。

そして一際深く腰を打ち付けた直後、ブルリと身を震わせた。

その動きと共に、熱く滾《たぎ》る熱が自分の中に広がっていくのを感じる。

「あ……っ」

彼の灼熱《しゃくねつ》の欲望を受け止め、奈々実は恍惚《こうこつ》として満ちたりた吐息を漏らした。

「愛している」

そう囁《ささや》いた篤斗は、自分のものを奈々実の中から抜き出す。

その感覚に奈々実が小さく身震いすると、篤斗がそんな彼女を強く抱きしめてきた。

彼と離れたくない。

それが自分の素直な思いだ。

「私を離さないで」

奈々実の切なる願いに、篤斗は抱きしめる腕に力を込めることで応《こた》える。言葉にするまでもないと、彼の吐息が語っているようだった。

「シャワーを浴びよう。その後で、二人のこれからについて話し合おうか」

そう話す篤斗の言葉に、奈々実は満たされた気持ちで頷いた。

5　これからのために

薄暗い部屋の中で目を覚ました奈々実は、自分を抱きしめる篤斗の腕を解いてそっと上体を起こした。

暖房をつけたままの寝室の空気は裸でも暖かい。それでも奈々実は、隣で眠る篤斗の体を気遣い布団を引き上げる。

部屋の照明は消えているが、ベッド脇の間接照明のおかげで闇に目が慣れてくると、おぼろげに周囲が見えてくる。

奈々実は自分の隣で眠る篤斗の寝顔を、まじまじと観察した。

クセのある髪は少し乱れている。柔らかな照明に照らされた篤斗の顔には濃い影が落ち、彫りの深さを強調している。

服を着たまま互いの愛を確認し合った後、一緒にシャワーを浴び、その後再びベッドで愛し合った。

そしていつの間にか二人して眠っていたようだ。

「……奈々実？」

こちらの起きた気配を感じたのか、篤斗が掠れた声で名を呼ぶ。

「起こした？　ごめんなさい」

謝りながら彼の顔を覗き込む。

「奈々実の寝顔を見ていたつもりだったのにな」

残念そうに呟いた篤斗は手を伸ばして奈々実の頬を撫でると、幸せそうに甘い息を漏らす。

ずっと尊敬すべき上司であった彼の、こんな無防備な表情を見る日が来るなんて、ほんの一ヶ月前には想像もしていなかった。しかも、彼にそんな表情をさせているのが、自分だなんて信じられない。

「寝顔は恥ずかしいから見ないでください」

気恥ずかしさから拗《す》ねた口調になってしまう。篤斗は奈々実の頬にかかる髪を耳へかけながら笑みを浮かべる。

「嫌だよ。これから毎日、奈々実の寝顔を見ていくつもりなんだから」

そう言われると照れ臭いのだが、彼と一緒に生きると決めたのだからそういうことになるだろう。

そしてそれは奈々実にも当てはまるのだ。自分はこの先ずっと、寝起きの気怠《けだる》げな彼の顔を独り占めすることができる。

「愛してます」

思いがけず手にした幸福を噛みしめるように、奈々実は身を屈《かが》めて篤斗の頬に口付ける。

篤斗は軽く瞼《まぶた》を伏せて奈々実の髪にさりげなく自分の指を絡めた。

姿勢を戻そうとした奈々実に、篤斗はクスリと笑う。

「逃がさない」

篤斗は髪に絡めていた指を解き、その手で奈々実の後頭部を押さえ自分の方へ引き寄せた。

「……ぁっ」

バランスを崩した奈々実は、小さな声を上げて篤斗の上に倒れ込んだ。

篤斗は自分の腕の中に奈々実を閉じ込めて満足げな息を漏らす。

「荷物は、いつ運び込む？」

自分の胸に顔を埋《うず》める奈々実の髪を撫でながら篤斗が聞く。

言葉にはしないが、彼がそれを急《せ》かしているのが触れる指先から伝わってくる。

二人で話し合い、奈々実は正式にこの部屋で暮らすことになった。

引っ越す予定だったマンスリーマンションは、契約期間の一ヶ月分の家賃を払って契約を解除して、逆に今まで荷物を預けていたトランクルームの契約を継続させ、ここで暮らすのに必要なもの以外をそのまま預けておくことにしたのだ。

使わないのに家賃を払うマンスリーマンションも、当分継続することになったトランクルームもかなりの出費になるが、幸い奈々実にはそれなりに貯金がある。

篤斗の暮らすマンションは、奈々実の価値観からすれば十分に広く、部屋も余っているので二人で住んでもなんの問題もない。

だが篤斗は、奈々実の就職先が決まったら、互いの仕事の利便性を考えて新しく住む場所を探そうと言う。

庶民の経済観念としては、立派な部屋があるのに引っ越す必要はないと思うのだが、篤斗は二人で暮らすための新居を選ぶことは譲れないという。

せっかく一緒に暮らすのだから、間取りも含め、奈々実の暮らしやすい部屋を探したいのだそうだ。

それはこの先ずっと二人で一緒に暮らしていくという彼の意思表示でもあるので、奈々実はその提案を受け入れることにした。

「軽くなにか食べる？　それともどこかに食事に出かけようか？」

ベッドサイドの時計を手に取った篤斗が言う。そして時計を奈々実の方に向ける。

時計が示す時刻は、夜十時過ぎ。それを認識した途端、体が空腹を訴えてくるから不思議だ。

同時に、夕食も取らずに激しく愛し合っていたことが、なんだか急に恥ずかしくなる。

「……」

無言で奈々実が掛け布団を引き寄せ体を隠すと、「今さらどうした」と篤斗に布団を引っ張られる。

散々愛し合った後なのに、彼の前で肌を晒《さら》しているのが恥ずかしい。篤斗は、ムキになって布団を引っ張る奈々実の姿が面白いらしく、ほどほどの力加減で布団を引く。

しかし奈々実が睨《にら》むと、降参と言いたげに布団から手を離した。そして蕩《とろ》けるような微笑みを浮かべて「なにが食べたい？」と、奈々実に聞いてくる。

そんな魅力的な微笑みを向けられてしまっては、怒れなくなるではないか。

「簡単なものでいいなら、私が作りますよ」

やっと独占することが許された布団で体を隠しながら、奈々実はそう提案した。

篤斗は「悪いよ」と言いながら、その顔は嬉しそうだ。いつもより乱れた髪でベッドに横になっている彼は、なんだか人懐《なつ》っこい大型犬を連想させる。

それでつい腕を伸ばして彼の髪をわしゃわしゃと撫でてしまう。

彼の髪は思いのほか柔らかく、触れていると、心がふわふわくすぐられるような気分になる。

――人の髪にこんなふうに触れたの、初めてかも……

ふと、そんなことを思った。

これまで意識したことはなかったが、意味もなく髪に触れるというのはかなり親密な行為だ。

奈々実だって、キスやハグと同じように、よほど心を許した相手にしかそんなことをさせない。

しばらく黙って奈々実の好きにさせていた篤斗が、腕を伸ばして奈々実の髪を撫でる。

手櫛《てぐし》で奈々実の髪を整え、そうかと思えば指に絡めて遊ぶ。

髪を撫でられる心地よさにうっとりしながら彼の髪を撫でると、篤斗も心地よさそうに目を細めた。

互いの存在を心地よく思い、その幸福感を分け合う。

――この人とずっと一緒にいたい。

彼と過ごす幸福な時間を守るためなら、自分はどこまでも強くなれると思う。

ずっと恐れていたはずの愛情を受け入れた途端、それが自分の原動力になるのだから人生とは不思議なものだ。

そんな奈々実の思いを読み取ったわけではないのだろうけど、篤斗が真摯《しんし》に告げる。

「君と一緒にいるためなら、俺は人生の全てを捧げることができるよ」

迷いのない彼の言葉に、奈々実は微笑んで彼の頬に口付けをした。

◇　◇　◇

篤斗の居場所を自分の居場所と決めてから三日。

朝、出社の支度をする篤斗に奈々実が声をかけた。

「今日、午後から出かける予定があって、篤斗さんが戻る時間にはいないかもしれません」

ネクタイを締める手を止めて、篤斗が不思議そうに首を傾ける。

「就職活動か？」

「いえ。それはまだ……」

篤斗のアドバイスを受けてある程度まで希望を絞ったが、記載する住所のこともあり引っ越してからエントリーシートを送るつもりでいた。

「従姉《いとこ》と食事でも？」

そのくらいしか奈々実が出かける理由が思い付かなかったのだろう。

彼の言葉に奈々実は首を横に振る。

智子には近いうちに、これまでのことを報告しにいくつもりでいるが、今日の予定は別だった。

「パーティーの日、店に預けた服を取りに行ってきます。他の予約の都合で、できれば今日の六時頃に取りに来てほしいってメッセージが入っていたので」

二度目にお店を訪問した際、こちらの連絡先は伝えてある。そのため、直接奈々実にメッセージが送られてきたのだ。

送信されたのは昨夜だが、今朝、そのことに気付いた。

「わざわざ取りに行かなくても、言えばスタッフが家まで届けてくれるよ」

こともなげにそう言えるのは、彼の家ではいつもそうしているからだろう。
一、二回店を利用しただけの奈々実が、そんなことをお願いするのは気が引けた。
「ついでに、相原さんと会う約束をしているので。社長の方じゃないですよ」

奈々実の言葉に篤斗がそっと眉根を寄せる。

篤斗は千華に対してあまりいい感情を持っていないようだが、同期として一緒に過ごした時間が長い奈々実としては、それは少しやるせない。

「会ってちゃんと謝りたいって、連絡をもらったんです」

「だが……」

千華と会うことに難色を示す篤斗に、奈々実が口付けをして言う。

「彼女も私と同じで、篤斗さんという強烈な毒にやられてしまった被害者ですよ」

「被害者って……」

奈々実が軽く肩をすくめると、篤斗も仕方ないという顔で笑いながらネクタイを締める。

「わかった、楽しんできて」

「遅くなっていいなら、食事を準備しておきますけど？」

ネクタイのバランスを調節していた篤斗が、片眉を軽く持ち上げた。

「いや。それなら外で待ち合わせして、一緒に食事しよう」

笑顔でそう提案してきた篤斗が、奈々実の頬に口付ける。

チュッと小さな音が耳の側でするのをくすぐったく思いながら、奈々実も笑顔で頷いた。

「店を予約して、後で連絡する」

二人で外食するのが楽しみで仕方ないといった様子の篤斗は、奈々実の髪を優しく撫でると、椅子に掛けてあったベストと上着を順番に羽織っていく。

「奈々実とのデートが待っていると思うと、どんなに忙しくても今日一日幸せに過ごせるよ」

彼はこちらが恥ずかしくなるような言葉を残して、出勤していった。

篤斗を見送り、家事を終えた奈々実は昼過ぎにマンションを出た。

昼休みのタイミングで、篤斗から予約した店の情報と待ち合わせ場所について連絡をもらった。

最近日本に進出してきたばかりのステーキハウスだから、ラフな格好で大丈夫とあったが、彼とのデートだと思うとどうしても気合が入ってしまう。

とはいえ、ラフな格好でいいと言われた以上、過剰なお洒落は禁物だ。さりげなく可愛いと思ってもらえるファッションとメイクはなかなか難しい。

けれど、彼を思ってあれこれ悩む時間は、なんともいえず愛おしかった。

身支度を済ませて部屋を出る時、無意識に「行ってきます」と呟いた自分に、奈々実はここがもう自分の居場所なのだと改めて実感した。

まず向かったのは、篤斗と暮らすマンションから地下鉄で三駅先にある繁華街だった。複数の大きな商業施設とオフィスビルが共存する場所なので、平日でも、わかりやすいビジネススタイルの人と、雑誌から抜け出してきたようなファッショナブルな人が混在している。

ここしばらく篤斗のマンションでゆっくり過ごしていた奈々実は、久しぶりの人混みに圧倒されながら待ち合わせのカフェを目指した。

大きな商業ビルの路面に面したカフェに入ると、先に到着していた千華が腰を浮かせてこちらに合図を送る。

「待たせてごめん」

待ち合わせの時刻にはまだ早いが、遅れたことを謝る奈々実に千華が勢いよく手と首を振った。

「私が勝手に早く来ただけだから。というか、この場合私が待たせるとかあり得ないし」

慌ただしい口調で話した千華は、そこで一度動きを止めると深く頭を下げて「本当にごめんなさい」と謝る。

顔を上げた千華は、いつもより薄化粧で腫《は》れぼったい目をしていた。

「とりあえず、飲み物買ってくるね」

セルフタイプのカフェのため、奈々実は軽い口調で千華にバッグを預けて、飲み物を買いに行く。

千華から「まだ都内にいるのなら、会って直接謝りたい」とメッセージをもらったのは昨夜のことだった。

そのメッセージにすぐに返信できなかったのは、彼女に嘘を吐かれていたということ以上に、嘘を吐くほど篤斗に思いを寄せていた千華に、自分たちの関係を報告するのが心苦しかったからだ。

奈々実の知る千華は、惜しみない愛情を注《そそ》がれて育ったとわかる天真爛漫《てんしんらんまん》な子だった。無条件に愛されてきたゆえの傲慢《ごうまん》さはあったけれど、奈々実は彼女のことが嫌いではなかった。

返事をどうしようかと考えていたら、セレクトショップのオーナーからメッセージをもらった。それで他の用事のついでてもよければと千華にメッセージを送ったところ、すぐについでていいから会ってほしいとメッセージが返ってきたのだ。

「そういえば、仕事はよかったの？」

メッセージを送った時は、深く考えずに服を取りに行く前の方が荷物がなくていいと時間を決めてしまったが、無職の奈々実と違い、千華は本来仕事をしている時間だ。

カフェラテを持ってテーブルに戻った奈々実に、千華が眉尻を下げて情けない顔をする。

「当分の間、出社するなって……」

言ったのは、もちろん千織の社長だろう。

娘に甘い社長だが、今回の件はさすがにおとがめなしとはいかなかったらしい。

奈々実が向かいの席に腰掛けると、千華は一度唇をキュッと噛み、意を決したように口を開く。

「結婚やめたのって、私のせい？」

連絡した際、結婚がなくなってまだ都内にいると軽く伝えたので、気になったらしい。

「違うよ。向こうの都合」

そう返すと、千華はホッと息を吐く。だがすぐに両手を組み合わせて質問をしてきた。

「もしかして相手の人が、奈々実の本当の気持ちに気付いて、遠矢さんと再会させてくれて、それでお互いの素直な気持ちに気付いて……」

最初こそ沈痛な表情をしていた千華だったが、今は微かに声が弾んでいる。

彼女の頭の中で、なにがどう絡まってそんな話になったのかは不明だが、途中から少女漫画のようなロマンチックな展開になっていた。

「違うから」

まさか婚約者に捨てられ、酔ってヤケになった勢いで篤斗に一夜の関係を迫った、とは言えない。

思いのほかきつくなった奈々実の声に、シュンとしょげ返った千華は「ごめん」と言って、そのままポツリポツリと、週末のパーティーのその後を教えてくれた。

捨て台詞《ぜりふ》を残して帰ってしまった篤斗に対して、遠矢会長はかなり激昂《げっこう》していたらしい。

駆けつけた新垣社長の取りなしでどうにか落ち着いたものの、会長もパーティーに参加せず、そのまま帰ってしまったそうだ。

しかしパーティーを中止するわけにもいかず、会長に代わって新垣社長が取り仕切ることになったが、主催者を欠いたことで終始しらけたムードが漂《ただよ》っていたのだという。

パーティーは表向き、会長がタニマチをしている歌舞伎役者の襲名を祝うためのものだったらしいが、その実、篤斗の婚約発表を目的としていたそうだ。

「相手の女性は……どうしたの？」

奈々実は彼女の話を聞いて気になったことを口にする。

聞かれて初めて気が付いたといった様子で、千華が目をパチクリさせた。

「……どうしたんだろう？　騒ぎにびっくりして帰っちゃったのかな？　相手については、誰も知らなかったみたい」

記憶を辿《たど》り、それらしき人はいなかったと溶けたフラペチーノを一口飲んで千華が言う。

「そうなんだ」

奈々実が思うことではないかもしれないが、相手が傷付いていないことを祈るばかりだ。

そんな奈々実に、千華が内緒話をするように口元に手を添えて言う。

「遠矢さんが会長であるおじい様の決めた女性と結婚するって話は、経営陣の間では周知の事実だったの。だから私は、会長にさえ気に入られれば、遠矢さんと結婚できると思ったの。……だって創業家の御曹司をわざわざうちの会社に出向させるんだから、可能性はありそうじゃない？」

「ああ……」

周囲から無条件で愛されてきた千華は、自分が拒絶されることなんて考えもしなかったのだろう。会長に気に入られることができれば、奈々実に吐いた嘘を現実のものにできると本気で思っていたのかもしれない。

「なのに、いつの間にか遠矢さんの婚約者は決まってるっぽいし、嘘がバレていろんな人に怒られるし……」

こんなはずじゃなかったと、千華は大きなため息を吐いた。

「だったら、私にあんな嘘を吐く必要なんてなかったじゃない……」

奈々実にチラリと視線を向けた千華は、拗《す》ねた口調で言った。

「だって奈々実が諦めてくれれば、遠矢さんも私を見てくれると思ったんだもん」

「……？」

どういう意味だろうと瞬《まば》きをする奈々実に、千華が言葉を続けた。

「遠矢さん、ずっと前から奈々実のこと好きだったから」

「まさか！」

彼女に嘘の婚約宣言をされたのは一年前。奈々実と篤斗が思いを通わせたのは最近のことだ。

あり得ないと呆れる奈々実に、千華は真剣な表情で告げる。

「遠矢さんは、奈々実のことずっと好きだったよ。たぶん、部下じゃなかったら口説いていたと思う。だから私、奈々実の方から遠矢さんと離れるように嘘を吐いたんだもん」

千華の話を否定しつつも、頭の片隅で一緒に仕事をしていた頃の彼の態度を思い出す。

確かに好意を寄せられているのではと思ったことは何度かあった。その度に、優しいからこその無意識の仕草だと決めつけ、絶対に好きになってはいけないと自分を戒《いまし》めてきた……。

「そっか……」

母のように愛に溺《おぼ》れたりしない。そう心を閉ざしてきたせいで、自分は随分遠回りをしたようだ。

もし彼と心を通じ合わせていなければ、今も自分は色々なことを諦めて、人を愛することがどれだけ幸せか理解せずに人生を過ごしていただろう。そして、取り返しがつかないくらい年を重ねた後で「本当にこれでよかったのだろうか？」と、自分の人生を振り返って後悔したのかもしれない。

それはまるで、母の呪縛と心中するような生き方だ。

——彼を愛する勇気が持ててよかった。

そう安堵すると共に、そんな嘘を吐いてまで篤斗に思いを寄せていた千華の心情が気にかかる。

「相原さんは、その……」

気遣わしげな視線を向ける奈々実に、千華が顔の前で手をパタパタと振った。

「奈々実ちゃんを連れて出て行った遠矢さんの顔を見たら、私じゃ駄目なんだってさすがにわかるよ」

あの日、篤斗はどんな顔をしていただろうと記憶を辿《たど》る奈々実に、千華が「すごく怖い顔をしてた」と言う。

「怖いけど、凛々《りり》しくてカッコよかった。絶対に奈々実ちゃんを守るって顔をしてた」

両手を組んでうっとりした眼差しでそう言われると、奈々実の頬が熱くなる。

照れ臭さを隠してカフェラテを口に運ぶと、千華がしみじみした口調で言う。

「なんか奈々実ちゃん、雰囲気変わったね」

「そう？」

「うん。綺麗になったし、雰囲気が柔らかくなった」

それはきっと、奈々実の内面が篤斗によって変化したからだろう。

「ありがとう」

はにかむ奈々実に、千華もそっと笑う。

そして、改めて頭を下げ「ごめんなさい」と謝ってきた。

「もういいよ」

奈々実はそう言って、今度はゆっくりカフェラテを味わう。

温かなカフェラテが彼女へのわだかまりを優しく溶かしていく。ホッと息を吐くと、千華が窺うように声をかけてきた。

「あと、パパ……というか社長から、もしこのまま東京に残るなら、今までと同じ条件で戻ってこないかって」

「え？」

驚く奈々実に、千華が言う。

「奈々実ちゃんの仕事をすごく買っていたから、結婚しても都内に残るようなら引き留める気でいたんだって。だからもしよければ戻って来てほしいって」

特別なにかをしてきた覚えはないが、そんなふうに評価してもらえるのは素直に嬉しい。

「そう言ってもらえてすごく嬉しい。でも……」

眉尻を下げる奈々実の表情を見て、千華も眉尻を下げた。

「だよね。私となんか、もう一緒に働きたくないよね」

どこか泣きそうな千華の声に、奈々実は違うと首を横に振る。

辞めた会社からまた戻ってこいと言ってもらえるのは、素直に嬉しい。ただ……

「そうじゃなくて、一度、自分や今後についてゆっくり考えてから、次に進みたいと思って」

これまで奈々実にとって、仕事は生きるために必要なものだった。

実家に頼ることなく生きていくために、自分で自分を養っていく。そんな思いでがむしゃらに働いてきた。

でも篤斗の部下になり、情熱的に仕事に取り組む彼の姿を見てきたことで、それまでとは違う感情が胸に燻《くすぶ》るようになっていた。

生きていくためだけでなく、生きる喜びを味わうために仕事に取り組むことができたら、どれだけ幸せなことだろう。彼と一緒に暮らすようになって、その思いが抑えられないほど大きくなってきていた。

そんな思いを口にする奈々実に、千華がホッと息を吐いて言う。

「奈々実ちゃん、やっぱり変わったね」

「うん」

少し前の自分なら、胸に燻《くすぶ》る思いはあっても、その先に一歩踏み出すことはなかった。

「そっか。そういう理由なら仕方ないけど、この先のことを決める時には、ウチへの復職も選択肢の一つに入れておいて」

「わかったわ。ありがとう」

声をかけてくれたことのお礼を社長にも伝えてほしいと、奈々実は頼んだ。

そのまましばらく、千華ととりとめのない会話を交わしていたが、奈々実は次の予定に合わせて帰り支度を始める。

「奈々実ちゃん」

腰を浮かせた奈々実に、千華が声をかける。

「なに？」

「遠矢会長には、気を付けてね」

声のトーンを落として千華が言う。

その表情は、さっきまでと打って変わって真剣だ。

彼女のその表情にただならぬものを感じて、奈々実は動きを止めて彼女を見つめ返す。

すると千華が硬い表情で続けた。

「新垣社長が、遠矢会長はすごくワンマンな人で身内にも容赦がないって話してた。だから会長に反発した遠矢さんも、簡単には許してもらえないかもしれない」

確かに……

奈々実としても、このままで済むわけがないだろうという予感はあった。

たとえ篤斗に会長の望む結婚をする気がないとしても、自分たちの関係を認めてくれるとはとても思えない。

だからといって、もう彼への思いを諦められるはずもないのだが。

「ありがとう。気を付ける」

自分たちの思いは、どんな横槍にも負けたりしない。

心の中でそう宣言し、奈々実は千華に手を振って別れた。

◇　◇　◇

昼休み返上で仕事をこなした篤斗は、残りの仕事は明日早く出勤して片付けることにして早退させてもらった。

そして今、篤斗は仲居の案内を受けてとある割烹《かっぽう》料理屋の廊下を歩いている。

微かに香が漂《ただよ》う廊下は、檜《ひのき》の木目が美しい。

この店が政治家や財界人に人気なのは料理の味や酒の品揃えもさることながら、完全な個室で密談に適しているからだ。もちろん従業員の教育も行き届いているので、この店で交わされる会話が外に漏れる心配はない。

あの日、パーティーに出席することなく帰ったので祖父の動向が気になり、新垣社長に探りを入れたところ、この店を指定された。

――さすがに、遊びがすぎるだろ。

部屋の前で一礼した仲居が廊下に膝をつき彼の到着を告げる姿を見ながら、そっと苦笑いを零す。

確かに場所を選ばずできる話ではない。だからといって、高級料亭の奥座敷で密談するほどのことでもないだろうに。

今日は奈々実と夕食の約束をしていたので、食事をするつもりはないと伝えたが、軽く一杯付き合うだけでいいし、早い時間で構わないから来るようにと言われてしまった。

そこまで言われると、篤斗としても断る理由はなくなる。

早く状況把握をしたいのは確かだから、すぐに対応してくれるのはありがたい。

「お時間をいただき、ありがとうございます」

襖《ふすま》を開き廊下に正座する仲居の脇をすり抜けて篤斗が部屋に入ると、上座に座り先に飲み始めていた新垣が、手にしているぐい呑みを軽く上げて挨拶《あいさつ》した。

テーブルには二人分のお通しが既にセットされており、新垣は話が終わった後で自分は食事をしていくが篤斗はすぐに帰ることを告げ、こちらから声をかけるまで誰も近付かないように仲居に告げる。

新垣の神妙な姿に、彼の向かいに腰を下ろした篤斗は背筋を伸ばして表情を引き締めた。

どうやらこの店を指定したのは、ただの遊び心からではなかったらしい。

深く頭を下げた仲居が襖《ふすま》を閉めて十分な距離を取ったタイミングで、新垣は手にしていたぐい呑みを一気に飲み干し、それを机に置くと乱暴に髪を掻きむしる。

「さて、なにから話すかな……」

髪を掻いた手で口を押さえ、新垣が重い息を吐く。

その姿勢のまましばらく考え込んでいた新垣は、もう一度小さく息を吐いて口を開いた。

「お前の次の赴任地が決まったぞ」

その言葉に篤斗が視線を上げると、新垣は彼に徳利《とっくり》を差し出す。

篤斗が自分の前に伏せられていたぐい呑みを取って彼に向けると、そこに酒を注《つ》ぎながら新垣は南米の小さな国の名前を口にする。

「その国は……」

数年前にクーデターが起きて独裁色の強い軍事政権が倒れたが、その後は陣頭指揮を執る政権が定まらずに混乱が続いている国だ。

クロム、マンガンといった天然資源の残有量がかなりあると期待されているが、長引く内乱が足枷《あしかせ》となり、どの国も手を出せない状況が続いている。

トウワ総合商社に至っては、これまで付き合いすらない国だ。

「近いうちに千織の出向を切り上げさせ、夏前にはお前を赴任させるつもりだ」

「唐突ですね。祖父の取り巻きの英断ってやつですか？」

酒を口に運びながら、篤斗は口角を片方だけ持ち上げて笑う。

この唐突な人事が、祖父に逆らった自分に対する報復であることは聞かなくてもわかる。

「最近の調査で、相当量のゲルマニウムの産出が見込まれることが判明したそうで、次代を担う優秀な社員に先陣を任せたいそうだ」

「他のメンバーは？」

「まず先陣をお前に任せ、足場ができてから順次決めていくそうだ」

ため息まじりに新垣が告げ、空《から》になった篤斗のぐい呑みに酒を注《つ》ぎ足す。

「詭弁《きべん》もいいところですね。俺は南米を担当したことはないし、もとより基礎素材の開拓のノウハウもない。そんな俺を単身送り込んで、どうするつもりなんだか。ちなみにそれは、会社の総意でしょうか？」

まさか祖父がそこまで強硬に動くとは思っていなかった。

誰かの下について勉強のためにと言うのであれば納得もできるが、トウワ総合商社としてまったく未開の国に、開拓に必要なノウハウを持ち合わせていない社員を単身送り込む意図がわからない。

「俺たちの頃の商社マンといえば、よく遊びよく働き大和魂《やまとだましい》勇ましくジャングルの奥までスーツで馳せ参じ、だったが、今は時代が違う。働き方改革も進んだこのご時世に、安全確保も難しい国に急いで社員を派遣する必要なんてないさ」

新垣の言うとおり、このタイミングでの進出に会社としてのメリットはなにもない。

「とはいえ、俺から辞令を蹴れば評価のマイナスになりますよね。まあ失敗して、撤退となっても同じことでしょうけど」

なんとも悪意に満ちた辞令である。

「会長の意思表示だろうな」

新垣が深い息を漏らした。

つまり、篤斗に対して後継者から外すぞという祖父からの通告だ。

「なるほど」

そう頷くものの、簡単に納得のいく話ではない。

篤斗は手にしたぐい呑みを軽く揺らし、表面にできた波紋を見るともなしに眺めた。

「それは決定事項ですか？」

その問いに、新垣が軽く首を振る。

「まだだ。俺が承認していないし、異例の人事なだけに、最終的な判断は俺や会長を交えたヒアリングを行った後で、ということになっている」

つまり会長である久直に篤斗が泣きつけば、辞令が撤回される可能性はあるということだろう。

その代わりにどんな条件を突き付けられるかは、だいたい予想がつく。

「俺が承認しないという手もあるが……」

新垣が唸《うな》る。

トウワ総合商社の歴史において創業家以外の人間で初めて社長になった新垣には、新時代の象徴として支持する者が多い反面、会長を支持する旧体制派の者からは疎《うと》まれている。

それがトウワ総合商社内に軋轢《あつれき》を生む要因となっていた。今回のような会長の意思を多分に含んだ人事を、社長の独断で覆《くつがえ》すことは難しいだろう。

普段は明るく茶目っのある新垣だが、今の地位に上り詰めるために私情を抑えて切り捨ててきたものはたくさんあるはずだ。

自分だって奈々実に出会うまでは、社内での地位を確実なものにするために私情を抑えてきたのだ、彼の心情は痛いほどわかる。

乱暴に自分の髪を掻く新垣が言う。

「それに言いにくいが、お前が連れていた女性、出向先の元社員でお前の元部下だそうだな。結婚を理由に退職した女性を同伴していたことも、お前の状況を悪くしている」

「ああ……」

あの場所には千織の相原親子もいたので、奈々実の身元はすぐに割れてしまったようだ。

奈々実のことが、足を掬《すく》われる原因になるかもしれないことは最初から覚悟していた。

それを承知で彼女に触れたのは、抑えられない自分の執着だ。

「バカなことをしたな。もう少し待てばよかったのに」

その声には、こちらを思いやる新垣の気持ちが滲《にじ》み出ていた。

時期がくれば高齢の久直は引退する。その後で奈々実との恋愛を成就させればよかったのだと言いたいのだろうが、あいにく自分はそんなにのんびりした性格をしていない。

——出世のために欲しいものを我慢する。そんな聞き分けのいい生き方に、なんの価値がある？

奈々実を思って遠くに視線を向けた篤斗に、新垣が苦笑いを零した。

「お前、反省してないだろ」

「そうですね。窮地《きゅうち》に立たされているとは思いますが、不思議と気分はいいんですよ」

篤斗は晴れやかな表情でそう返す。

これまでのように将来を見据えて利口に生きるより、奈々実との未来を手に入れるために足掻《あが》く方がよほど価値がある。

「どうする？　会長に謝罪するか？　それとも……」

新垣が手酌《てじゃく》で酒を注《つ》ぎながら問いかけてきた。

チラリと視線を向けた篤斗は、その言葉の意味を推しはかる。

祖父に謝罪する気がないのであれば、選択肢は限られる。赴任先として挙げられた国の情勢の不安定さは当面続くだろう。男である自分でも身の不安を感じる国に、奈々実を連れて行けるはずがない。ただでさえ彼女は、人生を仕切り直して再就職に向けて動き始めたところなのだ。

そもそも私怨で下された制裁という名の辞令に従うことに、なんの意味があるというのだ。

かといって辞令を断れば、それを口実に出世コースからは外される。会社には残れるだろうが、仕事の環境は大きく変わるに違いない。そんな生き方は、篤斗の望む人生とはかけ離れていた。

「いっそのこと会社を辞めるか？　お前ならこれまで培《つちか》ってきたノウハウで、どうにでも舵《かじ》を切れるだろう」

黙り込む篤斗の表情を窺い、新垣が言う。

彼の言わんとすることはわかる。商社である程度のキャリアを積み、人脈を築いた社員が自分のやりたいことを求めて会社を辞めるのはさして珍しくない。

そんな働き方ができるのは、枠にとらわれず多方面にネットワークを広げ続ける商社で働く者の強みだろう。

篤斗もこれまで十分に研鑽《けんさん》を重ねてきた。個人投資で稼いだ貯蓄もかなりあるので、会社を辞めても生きていく分にはなにも困らない。新しいビジネスを始める資金もノウハウも十分にある。

「それも一つの選択肢ですね」

ぐい呑みに浮かぶ波紋へ視線を落とす篤斗の言葉に、新垣が「そうだよなぁ」とため息を吐いた。

彼もこの辞令を聞いた時点で、篤斗が会社を離れることを想定していたのだろう。

普段陽気で豪快な新垣の萎《しお》れた姿を肴《さかな》に、篤斗はぐい呑みを一気に呷《あお》って強気に笑った。

「だけどそれじゃあ面白くない」

弾《はじ》かれたように目を見開く新垣に、篤斗が告げる。

「好きな女に、みっともないところを見せるわけにはいかないじゃないですか」

このタイミングで篤斗がトウワ総合商社を辞めれば、奈々実にいらぬ心配をかけることになる。それは、突然の海外赴任を受け入れても同じだろう。

だからといって辞令を拒否して閑職《かんしょく》を受け入れるのも、篤斗の性分に合わない。

それなら別の活路を見出すだけだ。

「……お前、本当にバカになったな」

しばしポカンとした顔をしていた新垣がポツリと零す。

なかなかの言われようではあるが、篤斗は目尻に皺《しわ》を寄せてニカリと笑った。

「俺は商社の仕事が好きです。それに、トウワに残りたいと思うのは創業家一族の誇りやプライドなんて感情ではなく、そこで生き生きと働いていた父の姿に憧れたからです」

篤斗が幼い頃、父はまだトウワ総合商社の社員だった。

商社の仕事を通して人と人、企業と企業を繋ぎ、快適な社会作りに貢献できることに誇りを持っていて、それを幼い自分に嬉しそうに語る父の姿は、純粋に篤斗の胸をワクワクさせた。

年齢を重ねるにつれて忘れてしまっていたが、自分が商社を選んだ一番の理由はそこにあった。

「創業家というものに囚《とら》われた祖父の価値観は、既に時代に取り残されています。それを認めず、自分の正当性を主張するために会社や俺に執着する祖父は異常です。いっそ、俺が会社を去るのも一つの解決策かもしれませんよ」

挑発的な笑みを浮かべつつ、一つの選択肢を提案してみる。そんな篤斗に、新垣も癖のある笑みを浮かべた。

「なんで俺が、あの爺さんに遠慮して優秀な人材を手放さなきゃいけないんだ。お前は、あの爺さんの駒なんかじゃないだろう?」

想像どおりの新垣の返事に、篤斗は満足げに顎《あご》を撫でた。

「ですね。俺は父のような商社マンになりたいとは思いますが、祖父の道具になる気はない。今回の人事を見ても、会長である祖父が会社を私物のごとく扱っているのは明白です」

　そんな篤斗の意見に、新垣はだからこそ頭が痛いと唸《うな》る。

「会長が築いた、上司が部下を圧迫して無理を通す風潮は、一部の重役クラスにはまだ色濃く残っている。圧力で思いどおりに物事を押し通そうとする旧態《きゅうたい》依然《いぜん》とした人間が会社の上層部に君臨していては、いつまで経っても風通しがよくならん」

「ですね。だから俺は、あの人に会社は創業家の私物じゃないと理解させなきゃいけない。それが、身内の務めだと考えています」

　篤斗の言葉を聞くうちに、新垣の表情が明るくなっていく。

　そんな新垣に篤斗は悪巧みを持ちかけるように囁《ささや》いた。

「会社の風通しをよくするために、俺の駒になる気はないですか？　ついでに社長の座を譲ってくれると嬉しいんですが」

　ニヤリと笑う篤斗の提案に、新垣が「ぬかせ」と笑うが、その顔は楽しそうだ。

「どうせ社長の椅子は、そのうち自力で取りにくるんだろ？」

「ええ。俺の行き着く先はそこしかないですから」

　篤斗が不敵に笑うと、新垣は「それでいい」と軽く口角を上げて酒を飲む。それに頷いた篤斗は、腕を伸ばして新垣のぐい呑みに酒を注《つ》ぐと、居住まいを正して言う。

「祖父に退場いただくために、権限を超えた調べ物をすることを許可してください」

「……？」

「ずっと気になっていることがあるんです。確信が持てたら話します」

何故？　と、視線で問いかけてくる新垣に、篤斗はそう返した。

「勝算はあるのか」

首裏を揉んでしばらく思案した後、新垣が尋ねる。

「もちろん」

強気に頷いた篤斗は、その覚悟を示すように自分のぐい呑みにも酒を注《つ》ぎ、新垣に軽く掲げて見せた。

◇◇◇

千華と別れた後、少しウインドウショッピングを楽しんだ奈々実は、指定された時刻にセレクトショップを訪れた。

「お呼びたてして申し訳なかったわね」

店内に入るなり、オーナーがどこかぎこちない表情で奈々実を出迎えてくれた。そしてチラリと視線を店内の一角へ向ける。

その視線を追いかけると、ソファーとテーブルが置かれた休憩スペースに、どこか見覚えのある男性が座っていた。

――誰だろう？

軽く首をかしげて記憶を辿《たど》っていると、相手が立ち上がり、こちらに向かって軽く会釈《えしゃく》してくる。

「先日は道案内をありがとう」

朗《ほが》らかにそう微笑みかけられて、彼が誰なのか理解した。

前回この店に来る際に、ここまで道案内をした男性だ。

オーナーが店のバックヤードに奈々実の服を取りに行っている間、奈々実も彼に歩み寄って挨拶《あいさつ》をした。

「今日も奥さんのお使いですか？」

奈々実が笑顔で尋ねると、彼は目尻に皺《しわ》を寄せて曖昧《あいまい》に首を動かす。

「残念ながら、今日は別件でね」

「……？」

この年齢の男性が、妻のお使い以外でこの店にどんな用事があるのだろう。そんなことを考えていると、すぐにオーナーが戻って来た。

「クリーニングに出しておきましたので」

「ありがとうございます」

恐縮しつつ紙袋に入った服を受け取った奈々実は、店を後にした。

そのまま篤斗との待ち合わせの場所へ向かおうと歩き出すと、背後で店の扉が開く音がしてさっきの男性が顔を覗かせる。

彼の視線が自分を捉《とら》えていて、奈々実は足を止めた。

「……?」

なにか用があるのだろうかと視線を向けると、男性がどこか困り顔で言う。

「よかったら、少しお話する時間をいただけないかな?」

――え、まさかのナンパ?

などと一瞬思ったが、紳士的で高齢とまではいかないがそれなりに年かさの男性が、自分をナンパするとは思えない。

「これから人と待ち合わせをしていて、あまり時間がないんですけど……」

篤斗と明確な時刻の約束をしているわけではないが、なるべく彼を待たせたくない。

どうしたものかと考えていると、男性は店を出て奈々実に歩み寄る。

「道すがら少し話すくらいなら許してもらえるかな? 移動は電車? バス?」

「バスです」

「ならバス停までご一緒させてもらってもいいですか?」

そう提案されれば、奈々実にはそれを断る理由はない。

「それでよければ」

奈々実が承諾すると、男性は人好きのする笑みを浮かべる。彼が目配せしたのを合図に、二人並んで歩き出した。

男性が寒そうにコートの襟《えり》を立てて首をすくめる。

もう三月だが、夜はまだまだ冷たい風が吹く。

少し立ち寄っただけの奈々実と違い、暖房の効いた店内で寛《くつろ》いでいた男性にとって、外気はかなり冷たく感じるらしい。

どこか愛嬌《あいきょう》のある男性にそっと笑みを浮かべると、男性が穏やかに微笑む。

「これからデートかな？」

「はい」

嘘を吐く必要もないと思い、奈々実は照れ臭そうに頷く。

そんな奈々実の様子に、男性も嬉しそうに頷いて尋ねてきた。

「恋人はどんな人？」

その問いかけに、奈々実は少し考える。

最初上司として出会った篤斗は、自分の仕事に誇りを持ち、部下の面倒見もいい信頼できる存在だった。そして恋人となった彼は、奈々実を激しく求め、ひたすら甘やかしてくる。極上の毒である彼は奈々実の心を鷲掴《わしづか》みにして、それまでの価値観を一変させた。

そして躊躇《ためら》う隙を与えることなく、奈々実を明るい方へと導いてくれる。

そんな彼を簡潔に説明するのに最適な言葉はなんだろうと考えながら、口を開く。

「すごく優しくて、包容力があって、責任感の強い人です」

奈々実の言葉に、男性が目尻に皺《しわ》を寄せた。

「それは頼もしいな。そんな恋人がいるなら、安心だね」

「いえ、逆にちょっと心配です」

不意に見せた奈々実の難しい表情に、男性が軽く首をかしげる。

「心配？」

「彼は非の打ち所がない人で、誰からも頼りにされています。そんな人だから、過剰に期待されたり頼られたりするのが当たり前になって、知らないうちに無理をしていないか心配になります」

千織で仕事をしていた時、篤斗は部下の休息には気を遣うのに、自分の休息はおろそかになっていた。

そんな彼の姿を思い出しながら奈々実は続ける。

「周囲の期待に応《こた》えられる力があるだけに、誰も彼が疲れていることに気付かないまま、全てを一人で背負い込んでしまうんじゃないかと気が気じゃありません」

誰も――という言葉には、篤斗自身も含まれている。

彼のマンションで暮らすようになって気付いたことだが、出向中の彼は千織の仕事だけしているわけではなく、トウワ総合商社の社員として後輩の相談に乗ったり、以前携《たずさ》わった企業のフォローをしたりとかなり忙しそうだった。

なまじタフで仕事が好きな分、本人や周囲が疲労を見落としがちになっている。だが、どれだけ完璧な人でも限界はあるのだ。

奈々実は、彼がいつか倒れてしまわないかと心配で仕方ない。

自暴自棄になっていた奈々実の心を篤斗が支えてくれたように、自分も彼に寄り添い、いざという時に支えられる存在になりたいと思う。

そのためにはまず、奈々実自身がきちんと地に足をつけている必要があった。

――私がしっかりしていないと、篤斗さんの足を引っ張ることになるよね……

篤斗はなにも言わないが、千華の話からしても、このまま何事もなく二人でハッピーエンドに辿《たど》り着けるとは思えない。

どうしたものかと考えていると、隣を歩く男性が小さく笑う。

「そう思ってくれる貴女が側にいれば、君の恋人は大丈夫だよ」

強い確信を感じさせる彼の声に、そうなればいいのだがと思いつつ奈々実はそっとはにかむ。

そのまま二人、今年はいつ頃桜が咲くのだろうか、花粉症はあるかといった取り止めのない話をしながら歩いた。

バス停に辿《たど》り着いた奈々実は、男性にお別れの挨拶《あいさつ》として会釈《えしゃく》を送る。

でも男性はすぐに立ち去ることなく、奈々実の側に立った。

彼もバスに乗るのだろうか。それならさっきの「バス停まで」という言葉は、話をするための方便だったのかと思った。

――まあいいか。

彼と話すのは不思議と嫌ではないので、このままどちらかの目的地までご一緒するのも悪くない。

そんなことを思いつつ道の向こうへ視線を向けると、ちょうどバスが近付いてくるのが見えた。

「私はね、親の期待に応《こた》えられなかった息子なんだ」

「え、はい」

不意に投げかけられた言葉に戸惑いつつ、奈々実は返事をした。

「父にとって私は、臆病で心の弱い情けない息子だった。でも私の息子は優秀で心も強く、父は満足している様子だった」

そう言って、男性も近付いてくるバスへ視線を向けながら話を続ける。

「私はそれならそれでいいと思った。息子は父の期待に応《こた》えられるだけの十分な才覚を持っている。後を息子に託すことで、全てうまくいくと思っていた」

どことなく奇妙な言い回しに聞こえて、奈々実は「よかったですね」と言っていいのか迷う。

「今の貴女の話を聞いて、今さらながらに、私は息子の存在を自分の都合のいいように解釈して、自分が楽になるために、自分の背負うべき荷物を息子に押しつけていたことに気付かされたよ」

申し訳なさそうに語り、彼は自分の左手首に右手の指を這《は》わせる。

その動作につい視線がいってしまう。奈々実の前で、男性は自分の腕時計を外しはじめた。

それは篤斗や千華が持っていたのと同じデザインの腕時計だった。

少し前、篤斗からこの腕時計がトウワ総合商社の一部の者とトウワ総合商社の系列企業の経営者に贈られたものだと聞かされていた。

もしかしたら、彼はトウワ総合商社の関係者なのかもしれない。

そんなことを考えていた奈々実に、男性が言う。

「昨日、突然父に呼び出されて、こう言われた。『お前の息子の篤斗と付き合っている女を、今すぐ別れさせろ』と」

ちょうどバス停にバスが到着し、重いブレーキ音と重なるように彼が言う。

「――っ」

その言葉に奈々実は大きく目を見開いた。

混乱する奈々実を落ち着かせるように、男性は「先日あの店で、君が息子の名前を口にした時は驚いたよ」と笑い、左手首から腕時計を外す。

今日彼があの店にいたのは偶然ではなく、オーナーに話をして奈々実の来店時刻を調節したのだろう。

「……私たちを別れさせるためにいらしたんですか？」

絞り出すような奈々実の声に、篤斗の父が首を横に振る。

「息子に貴女のような人がいてくれて、親としてとても嬉しく思う」

油圧の空気が抜ける音がして、バスのドアが開いた。

バスの降車ドアから人が降りてくる。その光景にチラリと目をやった篤斗の父は、奈々実に外した腕時計を差し出してきた。

「……？」

驚いて視線を向けると、篤斗の父が微笑む。

「これを篤斗に渡してほしい」

そう言って、彼は奈々実に腕時計を握らせ、言葉を重ねる。

「私は息子を自分の都合に合わせて利用してしまった。だから今度は、親として彼の助けになりたい」

篤斗の父が軽く背中を押して、奈々実にバスに乗るよう促《うなが》す。

降車する客の流れは途絶えていたので、いつまでもここでこうしていては他の人の迷惑になるだろう。後ろ髪を引かれながら、奈々実は預かった腕時計を持ってバスのステップに足を乗せた。

「ついでに、私をうまく利用しろと伝えてほしい。それだけ伝えれば、あの子なら自分で判断する」

その言葉を口にした彼の表情はとても晴れやかだ。

だから奈々実はその言葉を前向きなものとして受け取り、伝言を預かることを承諾した。

「わかりました。必ず篤斗さんに伝えます」

しっかり頷いた奈々実が乗り込むとすぐにドアが閉まり、身震いするように車体を揺らしてバスが走り出す。

空《あ》いていた席に腰を下ろした奈々実が窓の外に視線を向けると、控えめに手を振る篤斗の父の姿が見えた。

奈々実が手を振り返すと、彼は優しく目を細める。走り出すバスの中から、彼の姿が見えなくなるまで手を振っていた奈々実は、握りしめていた時計へ視線を落とした。

彼の言葉の真意を理解することまではできないが、大事な思いを託されたことはわかる。

その思いを守るように、奈々実は両手で時計を包み込んだ。

篤斗が奈々実との待ち合わせの場所に選んだのは、彼が予約したステーキレストラン近くの書店だった。

駅に併設された複合ビルの中にあるその書店は、カフェスペースもあり、時間を潰すのに困らない。

彼が来るまであれこれ本を読んで過ごすつもりでいた奈々実は、店に到着したことを告げるメッセージを送り、散策を始める。

篤斗の父から預かった腕時計は、コートのポケットに入れていた。

本棚の間を歩きながら、奈々実は先ほど聞いたことに思いを巡《めぐ》らせる。

千華に警告されたとおり、遠矢会長は自分たちの仲を割《さ》くために動いているようだ。

そのことを告げに来た篤斗の父が関係を認めてくれていたのは嬉しいが、彼を利用しろとはどういう意味だろうか。

篤斗から聞いた話によると、彼の父は、一度はトウワ総合商社の社長を務めたが体調を崩してすぐに退任したそうだ。

自分のことなのに、奈々実には今なにが起きているのか想像もつかない。それがひどくもどかしい。

――篤斗さんのために、私はなにができるのかな？

篤斗のことだから、奈々実に心配をかけないよう、一人で対応しようとしているのかもしれない。

どうしたら自分は、彼を支えられる存在になれるだろう……

そんなことを考えながら小説や雑誌コーナー、転職情報に関する書籍を一通り眺めた奈々実は、機械技術の専門書コーナーで埋もれていた産業繊維に関する本を手に取った。

従来の千織は、女性用の下着の強度と通気性を上げるための化学繊維の製造と製品開発を主軸としていた。その後、トウワ総合商社の傘下に入ったことで、衣料品分野だけでなく工業系の分野にも進出を始めている。

一言で繊維と言っても、その使い道は多彩で、衣料品を作ることだけに留まらない。

なんとなくの知識として知っていたそのことを、篤斗の下で働くようになって強く意識するようになった。

それにより、入社試験に合格したというだけで働いていた千織の仕事にやりがいを感じるようになったのだ。

手触りのいい生地《きじ》に触れたり、新しい繊維の情報を耳にしたりするとワクワクする気持ちを、どう説明すればいいかはわからないが、この思いを次へ進む指針にしたいと思った。

そんなことを考えながら本のページを捲《めく》って文章を読み進めていると、不意に背後に人が立つ気配がした。

驚いて振り向くと、そこには少し前屈《かが》みになって奈々実の読む本を覗き込んでいる篤斗がいた。

「篤斗さん」

「待たせてごめん」

詫びてくる篤斗に、奈々実は首を横に振りながら本を閉じて棚に戻す。

「いえ。考え事をするのにちょうどいい時間でした」

そう言って、奈々実はコートのポケットからさっき預かった時計を差し出した。

「なに？」

「篤斗さんのお父様から預かりました」

不思議そうに腕時計を手に取った篤斗は、奈々実の言葉に目を見開く。

レストランの予約までまだ間があるので場所をカフェコーナーに移し、奈々実は彼の父親と会った経緯からこの腕時計を預かるに至った状況を説明した。

「うまく利用しろか……」

父親からの伝言を口にして、篤斗が苦笑いを浮かべる。

そして手の中で、奈々実が預かってきた腕時計を転がした。

「この腕時計は、祖父が一部の部下や傘下企業の経営者に贈ったものだ。これを周囲の人間に使わせることで、経営の第一線から退いた今でも自分にはそれだけの影響力があるのだと印象付け、現社長の派閥を牽制《けんせい》しているんだよ」

それを承知で篤斗が腕時計を使っていたのは、将来的に自分が社長の座に就くのであれば、祖父の側に立っているというスタンスを取った方が周囲にいらぬ軋轢《あつれき》を生まないと思ったからだと説明した。

篤斗は軽く手の上で時計を弾ませてから強く握った。

「なにか覚悟を決めたんですね」

凜々《りり》しく引き締まる彼の表情を見れば、それがわかる。

「ああ。しばらくトウワは大きく混乱するかもしれない」

そうなれば篤斗自身、騒ぎの渦中に身を置くことになるのだろう。

なにが起きるのかはわからないが、篤斗がそう決めたのであれば、奈々実は彼の選択を応援するだけだ。

「私にできることはありますか？」

この人を支えたい――そんな思いを込めて篤斗に聞く。

「奈々実、愛してる」

臆面もなく愛の言葉を囁《ささや》く彼は、愛情を溶かし込んだような甘い眼差しを奈々実に向ける。

「私も……です」

優しい彼の眼差しをくすぐったく思いつつ、奈々実が頷くと篤斗が目を細めた。

そして、表情を引き締めて奈々実の名前を口にする。

「奈々実、俺と結婚してほしい」

「え？」

唐突なプロポーズに、奈々実は思わず目を丸くした。

「正式なプロポーズは改めてさせてもらうし、返事は急がない。だけど今この時に、俺の覚悟を伝えておきたかったんだ」

そう話す篤斗は手を伸ばして、テーブルに置かれた奈々実の手を引き寄せ、自分の手を重ねる。

「俺には奈々実が必要だ。君と一緒にいるためなら、俺はどんなことでもする覚悟をしている。そのために奈々実に迷惑をかけることがあるかもしれないが……」

どこか懇願するような彼の眼差しに胸が締め付けられる。

心から好きだと思う人に、愛を乞《こ》われて拒《こば》める女などいない。

彼が自分と一緒にいるためにどんなことでもすると言うのなら、自分もそれを支えたい。

「喜んで」

奈々実の言葉に、篤斗が表情を輝かせる。

喜びのまま奈々実の手を強く握り返した彼は、状況を思い出したのか、照れた表情で付け足す。

「こんな色気のない場所でごめん」

その言葉に、奈々実は首を横に振る。

「日常の延長のようなプロポーズも素敵です。今この瞬間の篤斗さんの素直な気持ちが聞けて、嬉しいです」

愛おしさを込めてそう伝える奈々実は、これが結婚に対して抱く正しい感情なのだろうと思った。

弘との結婚を決めた時は、互いの条件を事務的に擦り合わせていっただけだった。けれど篤斗とは、一緒の時間を過ごす中で、彼の背負う荷物を共に持ちたいと思ったら自然に出たものだった。

利害関係が一致する人と凪《なぎ》のような人生を歩むより、苦労しても一緒にいたいと思える人と人生を歩む方が、なにがあるかわからなくてワクワクする。

「貴方の背負うものを、私にも分けてください」

「トウワ総合商社創業家という社会的地位を失って、ゼロからのスタートになっても？」

その言葉に、彼が自分と一緒にいるために会社を辞めるのではないかという不安が脳裏をよぎる。だが彼は、問題から逃げるような選択をしたりはしないと信頼していた。

それに彼が選んだ道なら、自分は全力で支えるまでだ。

笑顔で「もちろん」と頷いた奈々実は、そのまま続ける。

「それに、きっとゼロにはなりませんよ。篤斗さんがこれまで培《つちか》ってきた人脈は、血筋なんて関係なく作り上げた、貴方の財産なんですから」

この二年、彼の側にいた奈々実だから、彼がどれほど人に気を配り、自分の携《たずさ》わった企業の発展に尽力してきたかを知っている。

その結果として寄せられる感謝や信頼は、篤斗自身の努力で手に入れた財産に他ならない。

篤斗は、奈々実の言葉を噛みしめるように頷いた。

「そうだな。それに俺の人生には奈々実がいる」

「はい」

迷いなく返した奈々実に、篤斗は嬉しそうに目を細め、重ねていた手を持ち上げてその甲に口付けたのだった。

6　新しい始まりのために

書店に併設されたカフェで、奈々実に色気のないプロポーズをしてから二週間。

篤斗は当初の予定より早く千織への出向を切り上げることになった。彼は出向を終えた翌日、とあるパーティーを開催するため、郊外のレストランをランチタイムからディナータイムまで貸切りで押さえた。

出向を終えた篤斗の処遇は今後人事部預かりとなり、次の出向先が決まるまで簡単な書類仕事のデスクワークに従事することになっている。

件《くだん》の国への派遣については、社長である新垣がもう少し情報収集する必要があると難色を示したことで一旦保留となった。

とはいえ、それはただの時間稼ぎに過ぎず、いずれ選択を迫られるだろう。

それならそれで攻撃に出るまでだと、篤斗は控室として用意された部屋で光沢のあるグレーのスーツに袖《そで》を通した。

普段はレストランの個室として使用されているが、テーブルや椅子を部屋の端に片付けて、普段はない大きな姿見が部屋の中央に置かれている。

鏡の脇のキャスターには、ご自由にお使いくださいとブラシや整髪料、眉毛を整える小さなハサミなどが用意されていた。本日のもう一人の主役である奈々実のために用意された控室にも、同じ配慮がされているはずだ。

結婚式の披露宴《ひろうえん》や二次会として使われることも多い店だけに、こういったさり気ない気配りが行き届いている。

姿見を見ながらシャツの襟《えり》の下に指を滑らせた篤斗は、自分の表情を確認する。

奈々実にプロポーズをしてから今日まで、なかなか慌ただしい日々を過ごしてきた。もともとオーバーワークぎみの日々の業務に加え、各方面への根回しや今日のパーティーの準備とかなり忙しかったが、鏡に映る自分の顔は自信に満ち溢《あふ》れている。

正直、覚悟を決めてから今日まで、自分がどれほどこの日を心待ちにしていたことか。

今日のパーティーは奈々実を婚約者として紹介するためのものだが、その前に篤斗には呪縛のような祖父との因縁《いんねん》を断ち切るという使命がある。

憂《うれ》いなく彼女と歩む未来を手に入れるためなら、どんな苦難も厭《いと》わない。

自分の中の揺るぎない思いを確認すべく、鏡に視線を向けていると、扉をノックする音が響いた。返事を待たずに、扉が開き新垣が顔を覗かせる。

「準備万端といった感じだな」

洒落たデザインのスーツに身を包んだ篤斗を、新垣が茶化してくる。

そのまま部屋に体を滑り込ませ、後ろ手に扉を閉める新垣が声を潜《ひそ》めて言う。

「会長が到着した」

「ああ……」

いよいよかと、篤斗は姿勢を正して身を引き締める。

「到着するなりなかなかの暴れっぷりだったが、遠矢がどうにか宥《なだ》めて庭の端にある東《あずま》屋《や》に連れて行ってくれた」

新垣の報告に、篤斗は窓の外へと視線を向ける。

日差しは十分春のものとなったが、昨日雨が降ったせいか、今日は時折吹く風が冷たい。それなのに東屋《あずまや》などに案内すれば、それを理由にまた怒り出しそうなものだ。

外へと視線を向け、難しい顔をする篤斗の心情を察した新垣が言う。

「これだけ寒ければ、早めに到着した招待客もそうそう庭に出ないだろうから話を聞かれるリスクを減らせる。もちろん身支度に忙しいお前のフィアンセに話を聞かれる心配もない。遠矢なりの配慮だよ」

「そういうことか」

篤斗としては、この部屋にでも案内して話す気でいたが、確かに祖父の怒鳴り声を奈々実に聞かせて不快な気分にさせたくない。

「あいつ、もう大丈夫だな。会長とも臆することなく渡り合っていた」

新垣がしみじみとした口調で言う。

「俺もこの数日、随分父と話し合いましたが、今の父なら十分社長が務まりますよ」

からかいまじりのその言葉に、新垣がそれも悪くないといった感じで笑う。

さすがにそれは冗談だが、久しぶりにゆっくり話した父は、篤斗が尊敬する昔の雰囲気があった。

そんな父が奈々実の人柄を絶賛し、彼女を絶対に手放してはならないと後押ししてくれたのは素直に嬉しかった。

「社長なんて誰がやってもいいんですよ。創業家でも叩き上げでも、会社に愛着を持って社員を大事にできる人が務めればいいんです」

扉へと向かう篤斗が何気無く零した言葉に、新垣が「つまり俺だな」と嘯《うそぶ》く。

「今のところは」

そう肩をすくめて篤斗は部屋を出た。

◇　◇　◇

控室の椅子に腰掛ける奈々実は、ノックの音に顔を上げた。

「どうぞ」と声をかけると、薄く開いた扉の隙間から智子が顔を覗かせる。

「入っていいの？」

慣れない状況におっかなびっくりといった感じで、智子は顔だけ部屋の中に入れて室内を見渡す。

子供の頃からよく知る彼女の屈託《くったく》のない姿に、張り詰めていた緊張の糸が解れるのを感じつつ、奈々実は手招きして智子を中へと招き入れた。

「今度こそ本当に、結婚おめでとう。あのイケメン上司が、奈々実の運命の王子様だったんだね」

小走りに駆け寄る智子に言われ、奈々実は照れ臭そうに微笑む。

今日のパーティーに招くにあたり、智子にはこれまでの経緯について話した。バレンタインデーの翌日に彼女の部屋を出て行ってから今日までの怒涛《どとう》の日々の中で、自分と篤斗が導き出した結論に目を輝かせている。

「運命の王子様って……」

少女漫画のようなその表現は、これまでの自分の人生にそぐわない気がする。だが、彼と結婚を決めるまでの経緯を説明するには、確かにその言葉がしっくりくる。

「だって婚約破棄から御曹司との結婚なんて、すごくロマンチックじゃない」

智子は両手を組んで、うっとりとした眼差しを空中に向ける。

どうにも自分の周りにいる女子は、ロマンチストが多いらしい。

「ありがとう。でも、結婚は気が早いよ。それにまだまだ乗り越えなきゃいけないこともあるし……」

奈々実の神妙な顔つきにただならぬ気配を察した智子が、表情を曇らせる。

「なにか問題でも？」

その問いかけにぎこちなく頷いた奈々実は、智子にどこまで話すか悩む。

「彼は私のために王子様をやめるつもりだから」

篤斗は祖父である久直に立ち向かう覚悟を決めている。

詳しくは聞いていないが、トウワにおける久直の力を削《そ》ぐために彼の罪を糾弾《きゅうだん》するという。だが、それは親族である篤斗の社会的地位にも影が射すことになる。

奈々実は篤斗の覚悟を支えると決めているが、彼が身内と対立するきっかけになってしまったことを心苦しく思っていた。

つい考え込んでしまう奈々実に、智子が聞く。

「奈々実は完璧な王子様と結婚したかったの？」

「まさか」

自分はただ、心から愛している人と結婚したいだけだ。

奈々実の迷いのない答えに、智子はそれなら問題ないと陽気に笑う。

「確かに」

智子の陽気さにつられて奈々実が笑った時、微かに誰かが声を荒らげているのが聞こえた。奈々実と智子が、同時に扉へ視線を向ける。

「様子を見てくる？」

視線をこちらに戻した智子に、奈々実は軽く首を横に振る。

「大丈夫。私が見てくるから、少しここにいて」

奈々実には、声の主に察しがついている。

不思議そうな顔をする智子に、「もしスタッフの人が来たら、すぐに戻るって伝えてほしいの」と説明して奈々実は一人で部屋を出た。

◇◇◇

篤斗は、広いフロアに視線を向けた。

パーティーが始まるまでまだ少し時間はあるが、準備は既に整えられており、柔らかな色彩の花が会場を彩《いろど》っている。

唯一まだ終わっていない準備といえば、生演奏を頼んだピアニストが、音の最終調整をしていることくらいだ。

気の早い招待客は、サーバーの辺りで雑談しているようだ。こちらの存在に気付いた途端、なんとも言えない視線を向けてくるのは、声を荒らげる久直の姿を目にしたからだろう。

「婚約者を紹介するというより、結婚披露宴《ひろうえん》といった感じだな」

こちらに向けられる視線には気付かない素振りで、生けられた花に目をやる新垣が呟く。その言葉に篤斗が澄ました口調で返す。

「結婚式は、もっと盛大にしますよ。でもその前に——」

祖父に退場いただこう。自分にも感情があり、彼の思いどおりに動く駒ではないのだと告げる必要がある。

便利な手駒どころか、欲しいものを手に入れるためなら、自分の祖父にでも平気で噛み付く狂犬であることを、彼はこれから理解するだろう。

「お前の凶暴さを読みきれなかったのが、会長の敗因だろうな」

鋭い眼差しで歩く篤斗の横顔を窺い、新垣が同情の声を漏らす。

自分が思ったより攻撃的な性格をしていることを、奈々実に溺《おぼ》れて初めて知った。

両手で髪を後ろに撫で上げるようにして、表情を引き締める。臨戦体制に入った篤斗のスーツの裾《すそ》を誰かが引っ張った。

「……？」

戦意を削《そ》がれて振り向くと、そこには綺麗にドレスアップした奈々実がいた。

彼女の存在に表情を綻《ほころ》ばせる篤斗に奈々実が言う。

「私も、一緒に行っていいですか？」

見上げてくる奈々実の眼差しには、心配が隠しきれていない。

それでも、篤斗の決断に寄り添う覚悟を感じる。

なにがあっても自分の側にいてくれる人がいる。しかもそれが心から愛する人なのだから、それだけで世界が輝いて見えるし、どこまでも強くなれる。

――彼女を諦めなくてよかった。

しみじみした思いで奈々実の前髪をクシャリと撫でて、篤斗は微笑む。

「大丈夫。これは俺の家族の問題だ。俺一人で決着をつけてくる」

「篤斗さんの家族なら、私の家族にもなるんですよね？」

彼女を安心させたくて告げた言葉にそう返されて、篤斗はハッと息を呑む。

篤斗は奈々実の手を取った。

「確かにそうだ」

彼女は自分の意思で選んだ家族なのだから、この顛末《てんまつ》を見届ける権利がある。

「あまり、見ていて楽しいものじゃないよ」

だから置いていこうと思ったのだ。そんな篤斗の言葉に、奈々実はそっと首を横に振る。

「私は、貴方の見る世界を一緒に見ていきたいです」

彼女の言葉が、決戦を前にした篤斗の心を優しく包む。

これまで愛する人と結婚するということは、生涯をかけて相手を守り抜くことだと思っていた。だけど、守られているのは案外自分の方なのかもしれない。

「そうだな。一緒に行こう」

なにせ彼女は、自分が生涯の伴侶に選んだ人なのだから。

口笛を吹いて茶化してくる新垣を軽く睨《にら》んで、篤斗は奈々実と手を繋いで歩き出した。


大正時代に財を成した貿易商の邸宅をリノベーションしたレストランの庭は広く、凝《こ》った造りをしていた。その庭の奥、植木に隠され、意識して見なければ気付きにくい場所に設置されている東屋《あずまや》に三人の人影が見える。

椅子に座る二人の人影は父と祖父、もう一人直立しているのは祖父の側近の田口《たぐち》だろう。そう当たりをつけた篤斗は、迷いのない表情で歩みを進める。

「来たか」

到着した篤斗をジロリと睨《にら》み、重い息を吐いた久直は、篤斗と手を繋ぐ奈々実に険《けわ》しい眼差しを向けた。さらに二人の背後に立つ新垣の存在に気付くと、いよいよといった感じで苦々しい息を吐く。久直の背後に控える田口も、露骨《ろこつ》に顔を顰《しか》めて新垣を見た。

敵意を隠さない視線に奈々実が緊張するのが繋いだ手のひらから伝わってくる。篤斗は安心させたくて手に力を込めた。

小さく息を吐き「大丈夫」と手を握り返した奈々実が、そっと手を離した。それを合図にしたように久直が口を開く。

「その女を連れているということは、会社を辞める覚悟をしたのか？」

「まさか」

温度を感じさせない口調で返し、篤斗は円卓を挟んだ向かい側の椅子に腰掛ける。

さりげなく立ち上がった光孝が、奈々実のために椅子を引き、彼女を篤斗の隣に座らせてくれた。

「どうして俺が会社を辞めなくちゃいけないんですか？　俺はなにも間違ったことをしていませんよ。それよりお祖父《じい》様こそ、孫の結婚を祝う気になりましたか？」

どこか挑発的な口調で篤斗が問いかけると、久直が半笑いで返す。

「ワシがこんな女との結婚を許すわけがなかろう。今日だって、お前の目を覚ましてやるために来たまでだ」

そう思うなら何故、パーティー当日まで話し合いの時間を持とうとしなかったのか。

きっと、先日のパーティーで久直に恥をかかせた篤斗に仕返しをするためだろう。

そんな稚拙《ちせつ》な悪意に笑うしかない。

「結婚は成人した男女の自由意志に基づき、なされるべき行為ですよ」

呆れた様子で横から口を挟む新垣も、空《あ》いていた椅子を引いて座った。

着席を許した覚えはないと言いたげに睨《にら》み付けてくる久直の視線を気にすることなく、
新垣は斜め向かいに腰掛ける光孝に「お疲れさん」とアイコンタクトを送る。

そんな二人のやり取りを微笑ましく思いながら、篤斗は言葉を重ねた。

「自分の進むべき道は自分で決めるので、貴方の許しなど必要ありません。私が欲しいのは家族としての祝福の言葉です」

もしそれがもらえるのなら、これまでのわだかまりを全て水に流せる。そんな篤斗の願いを、久直は鼻で笑う。

「ワシに逆らう愚か者を祝福してやるわけがなかろう。ワシに楯突くのなら、生涯をかけて後悔させてやるまでだ」

しわがれた声で吠える久直に篤斗がそっと首を横に振る。

「このままお祖父《じい》様の言いなりになって人生を過ごす方が、必ず後悔します」

迷いのない篤斗の様子に、久直が奥歯を噛む。

「女一人のためにワシに楯突くというなら、一度痛い目に遭って頭を冷やしてくるんだな」

そう言い捨てた久直はそのまま席を立とうする。だが、それを引き留めるように背後の男が動いた。

「失礼ながら篤斗君」

一歩前に歩み寄り、田口がそう口を挟んできた。

声を発したことで、彼に周囲の視線が集中する。

古参社員である彼はなかなかにしたたかで、会長の派閥の中でもかなり強い発言力を持っているが、ストレートな物言いが常の新垣とは相性が悪い。そのため、自分に向けられる新垣の視線から、居心地悪そうに視線を逸らした。

田口は篤斗に向かって、諭すような口調で言う。

「聞いたところによると、その女性は、婚約を解消したばかりだとか。そんな女性と結婚したら君が損することになる。それどころか、君が出向先で部下にちょっかいを出したことで、相手の結婚を破綻《はたん》させたと誤解されかねない」

口調こそ温和だが、要は奈々実と結婚するのは世間体が悪いと言いたいのだろう。

しかし自分と奈々実は世間体を気にするような関係ではない。

そう思ったのは、奈々実も同じだったのだろう。

スッと背筋を伸ばした奈々実が口を開く。

「私の結婚が取りやめになったのは、相手が他の女性を妊娠させたからです。婚約破棄に関しては、既に弁護士が間に入って解決しているので、証明が必要なら書面をお見せします。それに篤斗さんと私が特別な関係になったのは、婚約破棄が成立した後です」

毅然《きぜん》と話す奈々実に、田口は口の端を奇妙に歪《ゆが》めて首を横に振る。

「周囲は、いちいちそんな事実確認をしてはくれないよ。下世話な連中は、あることないこと噂して醜聞《しゅうぶん》を楽しむだけさ。篤斗君の婚約者として存在が知られれば、きっと周囲は君を、玉の輿《こし》を狙って男の間を渡り歩く性悪女《しょうわる》として好き勝手に噂するだろう。そうなれば君自身だけでなく、篤斗君のキャリアにも傷が付くということがわからないのかな」

奈々実に陰湿な視線を送った後で篤斗に視線を向けた田口は、表情を穏やかなものに切り替える。

「篤斗君だって、愛する女性をそんな好奇の目に晒《さら》すようなことはしたくないだろう。相手のことを思うからこそ別の道をいくというのも、一つの愛の形だと私は思うがね」

笑みを浮かべる田口は、これでいいでしょうかと言いたげに久直に視線を向ける。

そして久直が僅《わず》かに顎《あご》を動かすと、安堵に表情を緩ませた。

そんな田口の姿に、よく躾《しつけ》られた犬を連想してしまうのは、さすがに失礼だろうか。

篤斗は軽く咳払いをして視線を久直に向ける。

「どうするんだ？」

篤斗の視線を受け、久直が鷹揚《おうよう》に尋ねる。

「どうもしません」

そう肩をすくめた篤斗は、そのまま言葉を続ける。

「少し前の俺なら、おとなしくお祖父様《じい》に従っていたかもしれませんね。駒でいれば父に気を遣わせることもないし、無駄な戦いをすることなく社長の座に居座れる。納得がいくように企業の体質改善をするのは、その後でいいと思っていました。辿《たど》り着く場所が同じなら、そこまでの手順などどうでもいいので」

篤斗の言葉に久直が不満そうに鼻を鳴らした。そんな久直に構うことなく、篤斗は話を続ける。

「でもそんな安易な道、彼女の存在と比べたらなんの価値もない」

奈々実を手に入れたいと思った時から、自分の中でなにかが変わった。

お手軽なエリート街道を一人で歩くより、苦労しても奈々実と共に生きる方がいい。

「お前は自分の飼い主が誰かわからなくなったか？　そこまでバカになったか？」

怒りを滲《にじ》ませる久直の言葉に、篤斗は首を横に振る。

「もとより俺は、誰かに飼われてなどいません。ですがお祖父様《じい》にとって、俺は家族ではなく、飼っている犬程度の存在なんですね」

非難を滲《にじ》ませた篤斗の声に、久直が眉間に皺《しわ》を刻む。

「その言い方はなんだ？　誰にものを言っている？　ワシに楯突くなら身内でも容赦なく潰すぞ」

そう凄《すご》む久直には、年齢に不釣り合いな気迫が滲《にじ》み出ている。

その気迫の出どころが、彼がこれまで培《つちか》ってきた権力に裏打ちされているものであることを、篤斗は理解している。

自分の非力さを噛みしめるように篤斗はひっそりと笑う。それでも、その目に宿る闘志が揺らぐことはない。

「もちろん俺にはお祖父《じい》様のような力はありません。ビジネスの世界においては権力も財力も圧倒的に力不足で、お祖父《じい》様の足元にも及びません」

嘘偽りのない篤斗の言葉に自尊心が満たされたのか、久直が静かに笑う。

そんな彼の姿に、篤斗はそっと口角を持ち上げ問いかける。

「そんな俺でも、お祖父《じい》様にないものがあるのをご存じですか？」

普段見せることのない好戦的な表情で、篤斗が久直に問いかける。

これまで自分の手持ちの駒と信じて疑わなかった篤斗の態度に、久直はバカにするような口調で返す。

「いい年をして、愛情とか言うんじゃなかろうな？」

その言葉に、篤斗も相手をバカにするような口調で返す。

「確かにそれも、お祖父様《じい》はお持ちではないですね。自覚されているとは思いませんでしたが」

篤斗は怒りで眉間を痙攣《けいれん》させる久直の顔をまじまじと観察した後で「時間ですよ」と、言う。

「これから先、ビジネスの場で活躍できる時間が、俺とお祖父様《じい》では圧倒的に違います」

顎《あご》を軽く持ち上げ、強気な口調でそう返した篤斗は、スーツの内ポケットに手を入れてUSBメモリーを取り出すと、それを久直の方へ差し出した。

「……？」

これはなんだと視線で問いかける久直に、篤斗が冷ややかな声で告げる。

「お祖父様《じい》をはじめとする旧経営陣がされてきたインサイダー取引の証拠です」

その言葉に、久直でなく彼の背後に控えていた田口が大きく息を呑む。

急に顔色を悪くする様子を見れば、彼もこの件にかなり深く関わっているのだと察せられる。

そんな田口に、久直が顔を顰《しか》めて舌打ちするが、それ以上の感情の揺れは見られない。

それで構わないと篤斗は思う。

「俺は長年、お祖父《じい》様が、創業家が社長職を務めることにこだわるのは、自分の虚栄心を満たすためだと思っていました。でも違ったんですね。会社を私物化して私腹を肥やすために重ねてきた過去を隠蔽《いんぺい》するために、自分を擁護してくれる身内が社長を務めないと不都合だったのです」

その言葉に、黙って話を聞いていた光孝が視線を落とす。

学生時代に一度だけ、父と祖父の口論を耳にしたことがあった。ただその時は、二人とも核心に触れることなく遠回しな言い方をしていたので、会社の経営方針での議論が口論に発展しただけだと思っていたが、就職して知識を得ていくうちに気になることがいくつか出てきた。

一度は社長を務めた父は、不正に気付いて久直に詰め寄り、全てを公《おおやけ》にして罪を償うべきだと主張したらしい。だが「そうなれば家族はどうなる？」「まだ学生の篤斗に犯罪者の身内という汚名を着せて苦しませるのか？」と逆に叱責《しっせき》され、言葉を呑み込んでしまったのだという。

冷めた視線を向ける篤斗に、久直が喉をクックッと震わせて笑う。

「それがどうした。もう時効のものばかりだ。こちらも引き際というものは心得ている」

ビジネスの場で弱みを見せればつけ込まれることを骨身に染みて承知している久直は、顎《あご》を軽く上げて悠然と構える。

篤斗としてもそれは同じこと、強気な表情で前髪を掻き上げ、片方だけ口角を持ち上げる。

「でも他人の醜聞《しゅうぶん》を好む下世話な人たちなら、時効なんて関係なく、あることないこと噂してくれるんでしょうね。たとえ法で裁けなくても、ネットやマスコミが好き勝手に騒ぎ立てる。そうなればお祖父《じい》様は社会的に抹殺されるでしょう」

その言葉に久直の眉がピクリと跳ねた。

「言っておくが、そうなれば泥をかぶるのはワシ一人じゃないぞ。社名にも傷が付く」

表情を崩すことなくそう言う久直の視線が、黙って話を聞く光孝に向けられる。

社長を務めている間、見て見ぬフリをした父を巻き込んでもいいのかと脅しているのだろう。

久直の言葉に光孝が視線を上げた。

「私は構いませんよ。求められれば洗いざらい話す覚悟もできています」

強い意志を感じさせる光孝の声に、田口が「ヒッ」と、悲鳴を上げる。

「社としても、古くからの膿《うみ》を出し切るチャンスだ。一時的に社名を汚すことになるでしょうし、インサイダーを指揮していた会長と、共謀していた一部の幹部たちの入れ替えを求められるでしょうね」

田口に引導《いんどう》を渡すように新垣が言う。彼としてはこれを口実に、自分の反対勢力を排除するつもりらしい。

青ざめる田口を見て久直が顔を顰《しか》めると、篤斗が指先でテーブルを叩いて自分へと視線を向けさせた。

「そこで話を戻しますが、トウワ総合商社が信頼を回復するには、かなりの時間を要します。俺も当分の間はお祖父《じい》様の身内として辛い立場に立たされるでしょう。でも俺には、周囲の信頼を再び勝ち取るだけの時間がありますし

身内というだけで、篤斗にもそれなりの風当たりが予想される。だが当事者の久直は、それ以上に厳しい立場に立たされることは避けられない。

その上、腹心の取り巻きたちも一緒に社会的地位を失うのだから、彼がこれまでどおりの権力を取り戻すためにはそれ相応の時間を要するだろう。

「引き際を心得ていると仰《おっしゃ》るのであれば、俺に会長の座から引き摺り下ろされる前に、自らトウワ総合商社から去ってください」

篤斗は久直に、家族の情を感じさせない冷淡な眼差しを向ける。

自分に残されている時間を計算したのか、久直がギリギリと奥歯を噛みしめる。

「女一人のために、家族を売るかっ」

吐き捨てるような久直の言葉に、篤斗はハッと冷めた息を吐く。

「血の繋がりがある以上、否応《いやおう》なくお祖父《じい》様の振る舞いの被害を受けることになるでしょうね」

篤斗はそこで一度言葉を切り、自分の中に残る躊躇《ためら》いを排除するように大きく息を吐いて言う。

「でも家族は、自分で選ばせてもらいます」

ガタリと椅子を鳴らして篤斗が立ち上がると、久直の視線が奈々実へと移る。

「お前の選択は、この女やその家族にも迷惑をかけることになるぞ」

篤斗自身との交渉の糸口を見つけられないと判断し、奈々実を交渉の材料にすることにしたらしい。

自分が彼の弱みになることはないと、奈々実は背筋を伸ばして返す。

「私は楽をするために彼と結婚するわけじゃありません。彼を支えるために、この人の家族になるんです」

奈々実は深く頭を下げると、静かに立ち上がる。

「……」

久直は慌てて自分の息子へ視線を向けるが、光孝はそれを無視するように新垣と共に立ち上がった。

「私は貴方に都合のいい息子でいるよりも、篤斗にとっていい父でありたい。それが私の選択です」

自分に歯向かうことはないと思っていた光孝の言葉に、さすがの久直の顔からも血の気が引く。

篤斗たちが動くと、田口がテーブルに放置されていたUSBメモリーに飛びつく。

「それはコピーですので、ご自由にどうぞ」

慌てて手にしたUSBメモリーを懐《ふところ》にしまい込んだ田口にそう声をかけて、篤斗たちは今度こそ会場に向かって歩き出した。

「これから忙しくなるな」

首を回して関節を鳴らしながら新垣が言う。

まだ久直の回答を聞いたわけではないし、かなり前に時効を迎えたインサイダー取引では、証拠を揃えたとしても彼の社会的地位を奪うには弱いかもしれない。

だが新垣は「プライドの高い会長には、篤斗のように泥臭く戦う強さはない」と語る。

久直が反撃に出るようであれば、こちらは受けて立つだけだ。

篤斗と新垣のやり取りを眺めつつ、光孝が奈々実に声をかける。

「新しい仕事は決まったのかな？」

奈々実は首を横に振った。

「篤斗さんと話し合って、一度立ち止まって、色々な勉強をしようと思っています」

奈々実のその言葉を後押しするように篤斗が頷く。

篤斗が思うに、これまでの奈々実の人生には、ゆっくりと物事を考える時間の余裕がなかったのだろう。

だから篤斗としても、ひとまず奈々実に自分の人生と向き合う時間を持たせてやりたい。

彼女が自分の人生を支えてくれる存在であるのと同じように、自分も奈々実の人生を支える存在でありたい。

婚約解消で一度は宙ぶらりんになった奈々実の人生だが、新たな道へと歩き出すために通帳の中で異彩を放つ慰謝料を使うつもりだと話してくれた。

篤斗としては彼女に関わるお金であれば全額自分が出したいのだが、奈々実がそれをよしとしなかった。

えらく遠回りをしたこれまでの道のりも、自分達の人生の一部と思うからこそ、あの慰謝料を無意味なことではなく価値のあることに使いたいのだという。

「若い頃は、少しくらい寄り道すればいいんだよ。その方が、たくさんの経験ができる」

それでいいと光孝が頷く。

春の日差しを浴びながら四人でレストランへ向かっていると、テラスに出てキョロキョロしている女性の姿が目に入った。

「彼女は……」

「智子ネェだ」

奈々実が焦ったように女性の名前を口にして「たぶん私を探しているんだと思います」と言う。

そんな彼女に、早く行ってあげるといいと合図すると、奈々実は光孝たちに一礼して従姉《いとこ》のもとへ駆けていく。

柔らかな春の日差しの下、彼女のドレスが光の粒子をまぶしたように淡く輝いて見える。

愛おしい彼女が自分にとって、とても尊《とうと》い存在だと改めて実感した。

それ以上の幸福は、他にないだろう。

奈々実を見つめる篤斗の肩に、誰かの手が置かれた。

「正しい選択をしたな」

視線を向けると、篤斗の肩に手を置いた光孝が笑う。

「誰かをちゃんと好きになるって、正しい道へ進むための指針になるんだろうな」

光孝の言葉を補足するように新垣が呟く。

たぶんそうなのだろう。

「彼女が共に歩いてくれる人生を、悪路にするわけにはいきませんから」

誇らしげに告げる篤斗に、従姉《いとこ》と合流した奈々実が振り返って手を振る。

早く行けと新垣に背中を押され、篤斗は歩調を速めた。

自然と心が弾む。

彼女のいる場所が自分の居場所なのだと噛みしめるように、篤斗は一歩一歩奈々実の方へと歩いていくのだった。

◇◇◇

二人で暮らすマンションに戻って来た篤斗は、玄関扉を開けると奈々実に先を譲る。

視線でお礼を言って先に入った奈々実が「ただいま」と言うと、続いて入ってきた篤斗が嬉しそうに笑うのを感じた。

パンプスを脱いで振り向くと、同じく靴を脱いだ篤斗に抱きしめられた。

「おかえり」

奈々実を優しく腕の中に包み込んで篤斗が言う。

そのまま奈々実の存在を確かめるように深く息を吸い込んだ篤斗が静かに告げる。

「会長が退任を決めた」

抱きしめたままの姿勢でそう告げる篤斗は、「それに伴い、祖父の取り巻きの重役たちも辞任することになると思う」と続けた。

パーティーの最中に一報が入ったらしいが、祝福を受ける奈々実を気遣い、報告がこのタイミングになったらしい。

そして新垣から、篤斗は空席となった重役のポストに就く予定だと告げられたのだという。

「それは、篤斗さんの望んだ結果ですか？」

奈々実の問いかけに、篤斗が頷く気配が伝わってくる。

「これから色々大変になる。奈々実にも迷惑をかけることがあると思うけど、俺についてきてくれるか」

微かな不安を滲《にじ》ませる篤斗の言葉に「なにを今さら」と、笑ってしまう。

「ここが私の帰ってくる場所です」

奈々実が篤斗の背中をポンッと叩くと、腕の力が弱まり二人の間に若干の距離が生まれる。

「俺と暮らすこの場所に、奈々実が帰ってきたいと思えるように努力する」

篤斗のその言葉は、奈々実に向けてというより、自分に誓っているように感じた。

だから奈々実も、自分に誓う気持ちで言葉を返す。

「それは私も同じです」

篤斗が自分といるために下した決断を、後悔してほしくない。

そのためには、もっと自分も成長しなくてはならないだろう。

これまでのように必死に生きるためではなく、愛する人と幸せになるために。それを思うとワクワクする。

視線が重なり、どちらからともなく自然に唇を重ねた。

クチュリと湿ったリップ音が玄関に響き、妙な気恥ずかしさが込み上げてくる。

それでも絡めた腕をすぐには解く気分になれず、彼の胸で甘えていると、篤斗が耳元に顔を寄せた。

「今日は疲れただろ。早く一緒に休もう」

そう言った篤斗は、奈々実の耳元で「まずは一緒にシャワーを浴びながら愛し合おうか」と甘く掠れた声で誘う。

男の色気に溢《あふ》れた彼の声で囁《ささや》かれると心がゾワリと粟立《あわだ》ち、条件反射のように頷きたくなるが、その衝動を堪《こら》えて首を横に振る。

互いの思いを確認してから今日まで、幾度も彼と肌を重ねてきた。でも、最初にお風呂で散々いやらしくされ、ひどく乱れた姿を晒《さら》してしまった奈々実は、その後はどんなに誘われても一緒にお風呂に入ることは断ってきた。

「えっと……」

即答できずに奈々実が困り顔を見せると、篤斗が悪戯《いたずら》っぽく目を細める。

「奈々実がもっとエッチなことに慣れてからでいいよ。これからずっと一緒にいるんだから」

微かに笑いを噛み殺している篤斗の表情を見れば、からかっているのだとわかる。

彼は奈々実の頬に口付けて、抱擁《ほうよう》を解いた。

奈々実がムッとして睨《にら》むと、篤斗は両手を軽く上げて降参と笑う。憎めない少年のような笑顔を向けられてしまうと怒れないではないか。

拗《す》ねたように息を吐いた奈々実に、篤斗が再び頬に口付ける。

「先にシャワーをどうぞ」

そう言って奈々実の背中を軽く押して送り出す。その言葉に従ってバスルームに向かおうとする奈々実の腕を篤斗が掴んだ。

「……？」

腕を引かれ、再び向き合う姿勢に戻った奈々実に、篤斗が熱っぽい視線を向けて言う。

「本当は、今すぐにでも奈々実を抱きたい」

自分に向けられる情熱的な眼差しに、奈々実の心臓がドクンと跳ねる。

唐突な発言に戸惑う思いはあるけど、野性的な雄の眼差しを向けられると、奈々実の女性としての本能が疼《うず》いてしまう。

そんな心の変化を見逃さず、篤斗は奈々実の体を引き寄せ、腰に手を回すと、もう一方の手で奈々実の顎《あご》を持ち上げて唇を重ねてきた。

「ん……っ」

首を反《そ》らして口付けを受ける奈々実が熱い息を漏らすと、篤斗が強引に舌を割り込ませてくる。

「……ッん……っ」

情熱的に舌を絡め、唾液を啜《すす》るように奈々実の唇を吸う。

遠慮なく奈々実の唇を貪《むさぼ》る篤斗は、欲情を誘うように舌を動かしながら自分のジャケットとベストを脱ぎ捨て、乱暴な手付きで蝶《ちょう》ネクタイを外す。

奈々実は無意識のうちに篤斗の背中へ腕を回し、皺《しわ》ができるのも気にせず、彼のシャツを掻き抱《いだ》いた。

「奈々実、愛してる」

やっと唇を解いた篤斗が熱っぽく愛を囁《ささや》く。

「私も愛しています」

思いを言葉にする奈々実の背中に篤斗の手が触れる。

彼の指がゆっくりドレスのホックを外しファスナーを下ろしていく。

胸元の解放感と共に、首筋に彼の唇が触れて奈々実は息を呑んだ。

こんな場所でという思いと、このまま彼の愛撫《あいぶ》に身を任せていたいという思いがせめぎ合い、身動きが取れなくなる。

そうしている間に、唾液を纏《まと》い、ぬるりと動く彼の舌に敏感な肌を撫でられ、膝から崩れそうになる。

それに耐えるために彼の背中に回す腕にさらに力を込める奈々実の背中を、篤斗の手が直《じか》に撫でた。

興奮し始めている肌は、冷たい篤斗の手に過剰なほど反応してしまう。

ピクンと肩を跳ねさせる奈々実の首筋を舐《な》める篤斗は、舌を彼女の耳元に移動させて「やっぱり待てない」と、欲望に満ちた声で囁《ささや》いた。

シャワーを浴びる間も惜しんで自分を求めてくる彼の声に、奈々実の体に熱が宿る。

自覚した途端、内側から溢《あふ》れてくる熱を持て余し、内ももを擦り合わせる奈々実に篤斗が聞く。

「いますぐ抱いていい？」

「ん……ッ」

奈々実が切なげに息を漏らすと、それを同意の合図と受け取った篤斗は、ドレスのファスナーをさらに下ろして、奈々実の肩からドレスを滑り落とす。

腰を絞ったデザインのドレスは、それだけで脱げることはなかったが、下着を着けた上半身が露《あら》わになった。

篤斗は奈々実の胸をブラジャーの上から揉みしだく。

「あっ……篤……さぁッ……こんな場所でっ」

乱暴に触れられ、下着からまろび出た胸の先端に吸い付かれ、奈々実は背中を反《そ》らして甘く鳴く。

いつの間にか硬く尖っていた先端は、彼の舌の刺激を敏感に感じ取ってしまう。

舐《な》められているのは胸の先端なのに、全身が痺《しび》れるような奇妙な感覚を覚えた。

右の乳房を荒々しく揉まれながら、左の乳房の先端を舌で甘く転がされる。

そうしながら篤斗はスカートの裾《すそ》をたくし上げて、片脚を奈々実の膝の間に割り込ませると、ストッキングの上から脚を撫でた。

「こんな場所で……って言いながら、奈々実、すごくエッチな顔をしている」

そう揶揄《やゆ》しつつ滑《なめ》らかな動きで指を這《は》わせる篤斗は、奈々実の膝や内ももを撫でながら指を脚の付け根へ滑らせていく。

そして熱に疼《うず》く肉芽を指先で転がされると、奈々実の脊髄《せきずい》を甘い痺《しび》れが貫く。

腰を反《そ》らして甘い息を吐く奈々実は、崩れ落ちないように、玄関脇にインテリアとして置かれていたチェストに後ろ手に腕をつき体を支えた。

篤斗は、そんな奈々実をさらに追い込むように、胸と陰核の両方を攻め立てる。

痛みを感じるほど胸を揉みしだかれながら、もう一方をねっとりと舐《な》めしゃぶられる。

そうしながら敏感な陰核を指で転がされて、全ての神経が遠矢篤斗という存在に支配されていくのを感じた。

「奈々実、もう結構濡れているよ」

興奮に満ちた息を漏らす篤斗が告げる。

「だって……」

愛する人にこんな情熱的に求められて、感じずにいられるはずがない。

恥じらいから奈々実が視線を落とすと、それが気に入らなかったのか、篤斗は陰核に触れさせる指を激しく動かしてくる。

たちまち、奈々実の視界で白い光が弾《はじ》ける。

「キャァ――ッ」

遠慮のない愛撫《あいぶ》に、その場に崩れ落ちてしまいそうになる。

奈々実は自分の体を支えるべく、腕に力を込める。それでも脚から力が抜けていくような感覚に、今にも崩れ落ちそうになる。

くの字に膝が曲がり、そのまま崩れ落ちそうになる腰をチェストに預けて堪《こら》える。そうすることで意識せず篤斗の脚の間に割り込ませる形となった太ももに、彼の股間の膨らみを感じた。

布越しにでも熱を感じるほど興奮している篤斗のものに、奈々実の子宮が反応し新たな蜜が滴《したた》る。

「エッチ」

からかいまじりの篤斗の言葉にも、奈々実の腰は震えてしまう。

玄関先で中途半端に服を脱いだ姿で息を乱す。そんな自分がひどく恥ずかしいのに、奈々実を見つめる彼の眼差しが興奮しているのがわかるので、もっと乱れる姿を見てほしいと思う自分もいる。

「続きは……ベッド……で」

「シャワーはいいの？」

篤斗が今さらながらにそう確認してくる。

それを少しだけ意地悪だと思いつつ、奈々実はこくりと頷いた。

「いい子だ」

満足そうに囁《ささや》いた篤斗は、奈々実の背中と膝裏に腕を回して軽々と抱き上げた。

そして危なげない足取りで奈々実を寝室まで運び、ベッドに横たわらせ首筋や肩を舌で撫でていく。

くすぐったさに体を捩《よじ》って彼に背中を向けると、それを狙っていたのか、篤斗はドレスのファスナーを一番下まで下ろして奈々実のドレスを脱がせてしまう。

そしてそのままブラジャーや下着を脱がせると、自分も服を脱いでいく。

荒い息を吐く篤斗が、カチャカチャと金属音を立てながらベルトのバックルを外す。

その気配を背中で感じていた奈々実の肩に彼の手が触れる。

「……」

体の向きを変えた奈々実に覆《おお》いかぶさり、篤斗が唇を重ねてきた。

ももに触れる彼のものが、僅《わず》かに湿っているのがわかる。

気付くと奈々実は、それに手を這《は》わせていた。

「――っ」

思いがけない奈々実の行動に、篤斗が驚いたように目を見開く。

性に積極的な性格をしていない奈々実としても、何故自分がそんなことをしてしまったのかわからない。けれど、自分が手を触れた瞬間、ピクリと跳ねた彼のものに不思議な感動を覚えてしまう。

――この人が欲しい。

というより、この人の中に強く自分を刻み付けたいのかもしれない。

心身共に、彼の全てを自分で満たしたいと思うのは、愛に溺《おぼ》れる者の性《さが》なのだろうか。

いつも一方的に彼に翻弄《ほんろう》されていた奈々実は、初めて見る篤斗の反応に魅了され、そのまま篤斗のものに指を這《は》わせて扱《しご》き始める。

血管が浮き上がるほど熱くいきり立つそれは、これ以上ないほど硬く膨張している。

しかしそれを包む薄皮は柔軟で、奈々実の手の動きに合わせてスルリと動く。

手のひらで包み込むようにして彼のものを扱《しご》くと、スルリと皮が動き、奈々実の手の中で塊《かたまり》がヒクリと震えた。

挿入されている時は、その強烈な存在に翻弄《ほんろう》されるばかりなのに、こうして触れている時は、なんだか小動物を撫でているような気分になる。

熱い息を吐く篤斗を見ているうちに、奈々実の中に妙な悪戯《いたずら》心が湧き上がる。

奈々実が彼のものを包んだ手を動かすと、篤斗は熱い息を漏らして素直な反応を示す。

その反応をもっと引き出したくて動作を繰り返していると、その感覚に酔いしれるように篤斗の体から力が抜けていくのがわかった。

肘をついて上体を起こした奈々実は、昂《たかぶ》りから手を離して彼の肩を軽く押す。篤斗は抵抗することなくベッドに身を横たえる。

その上に覆《おお》いかぶさった奈々実は、再び彼のものを手で優しく包み込む。

ゆっくりした動きでそれを扱《しご》いていると、鈴口から滲《にじ》み出てくる液が手に触れた。

「奈々実、それじゃあ満足できないよ」

しばらく身を任せていた篤斗が、困ったように言う。

そう言われて一瞬躊躇《ためら》いを見せた奈々実だったが、どうすれば彼の求めに応《こた》えられるかの知識はある。

これまでの経験でしたいと思ったことはないが、相手が篤斗だと思うと自然と体が動く。

彼の股間へ顔を寄せると、雄の匂いを感じた。

構わず奈々実は口を開き、鈴口にうっすらと浮かぶ液を舌で舐《な》める。手の中で彼の肉塊が跳ねるのと同時に熱い吐息が髪に触れた。

彼のその反応に、奈々実の心に愛おしさが溢《あふ》れてくる。

この充足感は、愛する者と肌を重ねた時だけに感じられるものだろう。

――もっと私を感じてほしい……

体を重ねる際、どうして篤斗が意地悪なくらい激しく自分を攻め立てるのか、わかった気がした。

奈々実は彼の肉塊を口に含み、隆起する血管を舌で撫でるようにして頭を上下に動かす。

「ん……っ…………ふぅ……っ」

思った以上に篤斗のものは大きく、根元まで咥《くわ》え込もうとすると先端が喉の奥に触れてしまう。咽《む》せそうになるのを我慢しつつ、奈々実は時折、指で包むように扱《しご》きながら、篤斗の肉塊を舌と唇で愛撫《あいぶ》していく。

奈々実の行為に身を任せている篤斗は、熱い息を漏らし、奈々実の髪を優しく撫でる。まるで髪に神経が通っているかのように、彼に髪を撫でられるだけで体の奥が疼《うず》いてしまう。

口で彼のものを刺激しながら、頭のどこかでこれに貫かれる瞬間を期待していた。こんな風に貪欲に快感を求める自分を奈々実は知らない。

彼に導かれて、どんどん自分という存在が更新されている気がする。

それを楽しく思いつつ口淫を続けていると、篤斗が熱い息を漏らして問いかける。

「奈々実、もう挿《い》れてもいい？」

彼女の舌の動きに合わせて剛直をひくつかせていた篤斗が、苦しげに懇願してくる。

それに小さく頷いた奈々実は、浮き立つ血管をじゅるりと唇で擦るようにしながら、彼のものを解放した。

離れていくその刺激にも、篤斗は熱い息を吐く。

そんな彼の反応が、奈々実は嬉しい。

篤斗に身を任せてただ快楽を享受するだけより、自分から動いたことでもっと彼に近付けた気がした。

「俺を煽《あお》るなんて悪い子だ」

彼を感じさせられたことが嬉しくて、満足げに目を細める奈々実に、体を起こした篤斗が手を伸ばす。

篤斗は愛おしげに奈々実の頬を撫でると、そのままベッドへ押し倒す。

そして覆《おお》いかぶさるなり、熱く滾《たぎ》る欲望を一気に沈めてきた。

キツさを感じるほど大きく膨張したものが自分の中を満たしていく感覚に、奈々実は背中を反《そ》らして苦しげな息を吐く。

「んん……っ」

大きすぎる彼のものを全て受け止めると、四肢の先端が痺《しび》れてくる。

その痺《しび》れがとても愛おしい。

ぴたりと密着させた胸から、彼の鼓動が伝わってくる。

「奈々実の中、熱くてキツイ」

その感覚を味わうように、ゆるゆると腰を動かしながら篤斗が囁《ささや》く。

彼が腰を動かす度に、二人を繋ぐ場所からクチュクチュと粘着質な水音が聞こえてくる。その淫靡《いんび》な水音が大きくなるにつれ、奈々実の感度も増していく気がする。

「篤斗さん……もっと……」

覆《おお》いかぶさる彼の重さも、自分の内側を支配する剛直も苦しいのに、その感覚にもっと溺《おぼ》れたいと思ってしまう。

奈々実は篤斗の首に腕を絡め、無意識にねだっていた。

甘く鼻にかかった声のおねだりに応《こた》えるように、篤斗は唇を重ねて腰を動かしていく。

「んんん……はぁ……あっ」

快楽にふやけた膣壁を篤斗に擦られ、奈々実は熱い息を吐いた。

膣が篤斗の熱に蕩《とろ》けていくような錯覚に襲われる。

篤斗は熱い息を吐く奈々実の髪に指を絡めて頭を掻き抱《いだ》いた。

髪を撫でる彼の指が心地よくて、奈々実はその動きに身を任せるように瞼《まぶた》を伏せる。

あまりの気持ちよさに奈々実の腕の力が緩むと、篤斗は少し上体を浮かして奈々実の胸を舌で刺激してきた。

「あぁっ」

興奮して硬くなっている胸の頂《いただき》は、彼の舌が触れただけで敏感に反応してしまう。

ツンと尖った乳首を舌で舐《な》め転がされるだけで、全身が甘く痺《しび》れていく。

「奈々実の中がヒクヒクしてる」

「……言っちゃいや」

羞恥心《しゅうちしん》からそう返してしまうが、自分の反応は奈々実自身気付いている。

篤斗の鼓動や舌の感触を感じる度に、膣が彼のものをより深く咥《くわ》え込もうとヒクヒクと痙攣《けいれん》するのだ。

貪欲な反応に気付いても、言葉で自覚させられると、自分がひどく淫乱な気がして恥ずかしい。

「なんで。俺は、奈々実が俺で感じてくれていることが、こんなに嬉しいのに」

自分を求める篤斗の囁《ささや》きに、奈々実の膣がまたヒクリと痙攣《けいれん》してしまう。

そんな奈々実の体の反応を楽しんでいた篤斗だが、不意に上半身を起こして細くびれた奈々実の腰を掴むと、グッと深く腰を沈めてきた。

「あぁっ当たる」

自分の最奥《さいおう》に彼の熱が触れる感覚に、奈々実は体を捩《よじ》って逃れようとした。

しかし篤斗の手にがっちりと腰を掴まれていて叶わず、ただ踵《かかと》をシーツの上に滑らせる。

「俺を感じてほしくて、当てているんだよ」

そう言って篤斗は激しく腰を動かし、奈々実を快楽の頂《いただき》へと押し上げ始めた。

胸がたぷりと揺れるほど強く腰を揺すられ、奈々実は背中を仰《の》け反《ぞ》らせて熱い息を吐いた。

彼に体を揺さぶられ、中を擦られる度に子宮が収縮して膣がうねる。

「あぁ……やぁ…………ぁあっ」

篤斗に激しく奥を突かれ、奈々実は浅い呼吸を繰り返す。

眉根を寄せた篤斗が苦しげな息を漏らす。

「奈々実の中、ぐちょぐちょになって、俺のに絡みついてくる」

腰を動かす篤斗にそう囁《ささや》かれると、それだけで愛液が滴《したた》り落ちる。

「ふぁ……はぁッ」

彼から与えられる刺激に溺れる奈々実は、鼻にかかった甘い声を出す。

熱っぽい彼女の吐息に、膣の中で彼のものがビクビクと動くのを感じる。その刺激が
また奈々実を狂おしいほど夢中にさせた。

「もう……駄目っ」

浅く短い呼吸を繰り返す奈々実が囁《ささや》くと、篤斗が「俺も」と、返す。

そのまま強く腰を揺さぶり、彼女を快楽の高みへ一気に追い上げていく。

「んぁっ……イクッ。あっぁあぁぁっ」

彼の激しい突き上げに、奈々実は頭を振って身悶《みもだ》える。

すぐに逃れようのない悦楽《えつらく》の波に意識が呑み込まれていった。

世界から重力がなくなり、淡い光の中に放り出されるような感覚に、奈々実は全身を
強張《こわば》らせる。次の瞬間、意識が霧散《むさん》していくみたいな脱力感がやって来た。

それに合わせて膣が強く収縮し、篤斗が苦しげな息を吐いて眉根を寄せた。

そして、今まで以上に激しく腰を突き上げていく。

「あっ動いちゃヤダ」

達した直後の体に、その刺激は強すぎる。

篤斗は唇に薄い笑みを浮かべてさらに激しく腰を揺さぶってくる。

「こんなに気持ちいいのに、やめられるわけがないだろう」

そう言って、何度も腰を突き動かしていた篤斗が小さく唸《うな》って、奈々実の中に自分の熱を吐き出した。

彼の白濁した熱が中に放射される感覚に、奈々実の腰がひくりと震える。

篤斗は名残《なごり》惜しげに奈々実の体を強く抱きしめた後、自身を彼女から抜き出して後始末をすると、再び彼女を抱きしめた。

「俺はもう、君なしじゃ生きていけない」

奈々実を抱きしめる篤斗が、しみじみとした声で呟く。

「それは私も同じです」

彼の背中に腕を回しながら奈々実が言う。

激しく互いを求め合い、相手の存在を感じることでこの上ない幸福感に満たされていく。

彼に愛されたいと思うのと同時に、誰よりも彼を愛したいと思う。彼と一緒にいるためなら、どんな努力も厭《いと》わない。

この思いは、毒のようでもあり、自分を強くしていく秘薬でもある。

要は自分自身の受け止め方次第なのだ。

そんなことをしみじみと思いながら、奈々実は自分から篤斗の唇を求めた。

「生涯ずっと愛しています」

短い口付けを繰り返す奈々実の口から、自然と言葉が溢《あふ》れる。

彼女の唇を軽く吸う篤斗は、口付けの合間に「俺もだ」と囁《ささや》いた。

エピローグ　未来への一歩

重厚な木製の扉の向こうから透明感のあるパイプオルガンの調べが響く。

「お時間です」

荘厳な調べを合図に、両開きの扉の右側に立つスタッフに声をかけられ、奈々実の隣に立つ篤斗が頷く。

彼の隣で緊張から俯《うつむ》きがちになる奈々実に、左側の扉の前に立つスタッフが「素敵なドレスですね」と、微笑みかけてくれた。

腰の部分を絞ったドレスは、カラーの花を逆さにしたように床で大きく裾《すそ》が広がっている。ドレスの裾《すそ》やベールには細やかな刺繍《ししゅう》が施《ほどこ》されており、その凝《こ》ったデザインは、見る人の心を魅了することだろう。

ドレスを褒《ほ》められた奈々実がはにかむと、スタッフが目配せして扉を開く。

扉が開かれた瞬間、視界に飛び込んできた景色の眩《まぶし》さに、奈々実は思わず目を細めた。

扉の向こう側は、開放感のある窓から差し込む秋の柔らかな陽光を、白い大理石の床が反射させている。

そんな白い大理石の上に、真っ直ぐに伸びる赤い絨毯《じゅうたん》。その先にある祭壇では、豊かな白髭《しろひげ》を蓄えた司祭が新郎新婦を待ち受けていた。

参列者の中に、篤斗の祖父と、奈々実の母の姿はない。

久直については、過去の悪行が表沙汰《おもてざた》にはならなかったが、突然の辞任を取り巻く事情は噂として経済界の中で広く知られる話となっていた。

噂が広がったことで久直は一気に求心力を失い、表舞台から姿を消すことになった。

そんな現実を受け入れられない彼は、海外の別荘で隠居生活を送りながら日本との交流を断っている。

篤斗と二人、結婚に向けて色々な働きかけをしてきた結果、この状況に落ち着いた。

そのことになにも思わないわけではないが、これが自分たちの選んだ結果なのだ。

人生とはこうして自分たちで選択していくものなのだろう。
「行こう」
奈々実と腕を組む篤斗が軽やかな声で誘い、一歩前へと進み出た。
緊張する奈々実とは逆に、ワクワクが抑えきれないという表情だ。
白いベール越しに見上げる彼の顔は無邪気な少年のようで、奈々実の心が解れていく。
この人と歩む人生は、楽しく素晴らしいものだとわかる。
だから奈々実も、なにも恐れず眩《まぶ》しい世界へと足を進めた。

Bun in the oven

国内メーカーの高級車の助手席から流れていく景色を眺める篤斗は、仲良く手を繋いで歩くカップルの姿に表情を緩めた。

「恋人の季節って感じですね」

「て、ことは、お前みたいなバカが増殖するのか」

感慨深げな篤斗にケチをつけるのは、ハンドルを握る新垣だ。

そんな新垣の茶々に、篤斗は澄ました表情で返す。

「世界は一段と幸福に満ち溢《あふ》れていくということです」

運転席に視線を向け、形のいい切れ長の目を細めて微笑む篤斗に、新垣がいよいよ顔を顰《しか》める。

お約束ともいえる新垣の反応に笑い、篤斗は続けた。

「専務に就任してから、ずっと忙しい日々を過ごしているんです。バレンタインデーの今日ぐらい、惚気《のろけ》させてくださいよ」

支配欲の強い祖父とその取り巻きが辞任したことで、社内の派閥構造は一変した。それでめでたしめでたしとなればいいのだが、現実社会はそれほど簡単な構造をしていない。

これまで久直サイドについていたために閑職《かんしょく》に追いやられた者たちは、新垣に不満を抱いている。それは社内に留まらず、取引先や傘下企業にも見られた。

そういった不満が大きな軋轢《あつれき》になる前にバランスを調整するのが、今の篤斗に任された役割の一つだった。

しかし失脚した前会長の孫という立場はなかなか微妙で、周囲の信頼を取り戻すのは結構骨が折れる作業となっている。

それでも篤斗にとっては、奈々実と明るい未来を歩むために払うべき代償なのだから後悔はない。

「これだから新婚は……。平気で社長を運転手代わりにこき使うし」

もちろんそれは、新垣の冗談だ。

海外企業との会議を相手国の時差に合わせて行ったため、終了時刻がかなり遅くなり、予約していた花を急いで取りに行こうとしていた篤斗の姿を見て、新垣の方から送迎を申し出てくれたのだ。

だから反省する気もなく、篤斗は自分が抱えている花束を自分の顔に寄せる。

深いワインレッドの薔薇《ばら》の花束はまだ蕾《つぼみ》も多いが、鼻を寄せると華やかに香り立つ。上品でいて甘いその香りは、奈々実によく似合う。そんなことを思っていた篤斗に新垣が言う。

「だいたいバレンタインデーは、女からプレゼントを贈る日だろう」

その言葉に篤斗は「昭和〜」と言って笑った。

「海外では、男性が女性に花なんかのプレゼントを贈るのが一般的なんですよ」

「そのくらい知っている。俺の方が、お前より海外生活は長いんだからな」

不満げにそう返した新垣は「でもここは日本だ」と付け加える。

その言葉に篤斗は嬉しそうに頷いた。

「そうですね。だから俺は、ホワイトデーにもちゃんとプレゼントを用意するつもりです」

「いよいよバカになったたな」

篤斗の台詞《せりふ》に、新垣は口角を下げて肩をすくめた。

新垣から窓の外へ視線を戻した篤斗は、再び薔薇《ばら》の香りを楽しみながら、一年前を思い出す。

一年前の今頃は、篤斗はトウワ総合商社創業家の御曹司として、華やかな出世街道を突き進んでいた。そして奈々実は、自分以外の男と結婚する予定だった。

自分から離れていく彼女に割り切れない未練を感じていても、それを無駄な感情と切り捨て、どうしようもなく彼女へ執着してしまう心の意味を考えないようにしていた。

だけど一年前の今日、偶然再会した彼女の手を取ったことで自分の気持ちは急変した。華奢《きゃしゃ》な奈々実の指に触れた瞬間、この手を離してはいけないと強く思い、我ながら強引な方法で彼女を自分の手元に引き留めたのだ。

——今思うと、なかなか無茶苦茶なやり方だったな。

一年前を振り返り、篤斗はしみじみそう思う。

だけど彼女を愛しすぎていた自分は、なりふり構っていられなかったのだ。

それに無我夢中で彼女を求めたことで、篤斗の価値観は大きく変わった。

奈々実に人を愛することの奥深さを教えられたことで人生が一変したのだから、そのきっかけとなったバレンタインデーを感慨深く感じる。

「そういえば奥さん、仕事はどうだ」

車を運転する新垣が、なんとはなしに聞いてくる。運転の手持ち無沙汰《ぶさた》から話題にしたという感じだ。

千織を辞めた後、奈々実は語学と織物についての専門知識を深めるため、縫製関係の専門学校の短期コースと語学学校に通う傍《かたわ》ら、企業主催の勉強会や大学のワークショップなどに参加していた。

そうやって貪欲に知識を得ていく中で知り合った人の紹介で、カナダ人女性が社長を務める輸入会社への就職を決めたのだ。

あまり大きな会社ではないが、その分アットホームな雰囲気で柔軟な働き方が許されている。なにより、さまざまな海外の織物を取り扱うので、これまで培《つちか》ってきた知識が活かせると毎日楽しそうに働いていた。

「イキイキしてますよ。社長がカナダ人で、仕事の合間に海外の生活様式やスラングなども教えてもらえるらしくて、それも楽しいようです」

日々の些細《ささい》な出来事を嬉しそうに話してくれる奈々実の姿を思い出し、篤斗が嬉しそうに返す。

お互い仕事をしていると、どうしても一緒にいる時間が少なくなる。

だからこそ、奈々実が一日の終わりに話してくれるその日にあった出来事は、一緒にいられなかった時間を彼女から分けてもらえたような気がして幸せな気分になる。

それは奈々実も同じなのだろう。彼女の話を聞いた篤斗が、その日にあった出来事や自分が海外生活をしていた頃の話をすると、すごく嬉しそうな表情を見せてくれる。

そんな篤斗の話に、新垣も我がことのように表情を緩めた。

「家庭円満でなによりだ」

もちろんと頷く篤斗は、何気なく呟いた。

「愛する人がパンを焼いて待っていてくれる。毎日が嘘のように幸せです」

「パン？」

唐突に出てきた言葉に、新垣が怪訝《けげん》な表情を浮かべる。

「奈々実は今日、用があって仕事を休んでいるんです。理由を聞いたら『Bun in the oven』って」

パンはオーブンの中――パンを焼くために仕事を休むのかと不思議な顔をする篤斗に、奈々実は今日はご馳走を作って待っていますと、やけに照れ臭そうに返したのだった。

つまり彼女も、バレンタインデーの今日を二人の特別な日と捉《とら》え、それを祝うために休みをもらったということなのだろう。

そんなことを惚気《のろけ》ると、新垣がチラリとこちらに視線を向けてきた。

なにか含みを感じるその眼差しに、篤斗が首をかしげる。

篤斗が視線で問いかけると、新垣はハンドルを握っていない方の手で首筋を揉む。

「なんていうか……俺の方が海外生活が長いということだ」

それはどういう意味だろうかと考えている間に、新垣の運転する車は、篤斗と奈々実が二人で暮らすマンションのエントランスに停まった。

「そんな大事な日に、遅くなって悪かった」

車のドアロックを解錠した新垣が言う。

「いえ。今から二人でゆっくり過ごしますから」

そう返した篤斗は、薔薇《ばら》の花束を見せびらかすように軽く揺らしてドアを開けた。

「おい」

そのままエントランスへと足を向ける篤斗に、新垣が声をかける。

助手席へ身を乗り出し、窓ごしに新垣が言う。

「幸せなのはいいが、これ以上バカになるなよ」

真顔で忠告してくる新垣に、篤斗は軽く肩をすくめた。

「守るべき存在があるからこそ、仕事で下手《へた》は打ちませんよ」

奈々実を幸せにしたいし、かっこ悪い姿を見せられないと思うからこそ、それを原動力に仕事を頑張っているのだから。

そこを信用されないのは面白くないと、持ち前の強気な表情で睨《にら》む。すると新垣は、「ならいいさ」と嬉しそうに笑って窓を閉め、そのまま車を発進させた。

遠ざかるテールランプを見送った篤斗は、自分達が暮らすマンションを見上げる。

今暮らしているマンションは、以前暮らしていた都心のタワーマンションに比べて緑の多いエリアにある。造りもそれほど高層でなく、一つ一つの部屋の間取りを広々と取ったデザインのため、世帯数は少ない。

篤斗が二人の新生活の場所にこのマンションを選んだのは、治安が良く買い物などの利便性に優れていることと、奈々実の通勤アクセスがいいことが理由だ。それに大きな公園が隣接しているため、遮蔽物《しゃへい》がなく日当たりがいいというのもある。前に暮らしていたマンションは、通勤の利便性だけを基準に決めたが、今回は奈々実と二人、穏やかに暮らすことを第一に考えて決めた。

そうやって決めた物件は、思いのほか快適で、通勤時間が増えたことを差し引いても正しい選択だったと思える。

次の週末も奈々実と二人、買い物がてら公園を散歩しようか……

そんなことを思いつつ玄関のドアを開けた篤斗は、鼻を動かした。

室内に柔らかな香りが満ちている。

たとえるなら、過ごしやすい秋の日溜まりでブランケットに包まれているような、心地よい時間を想像させる香りだ。

どこか懐《なつ》かしさも感じる香りの正体はなんだろうと考えていると、リビングダイニングに繋がるドアが開き、エプロン姿の奈々実が顔を覗かせた。

「お帰りなさい」

「遅くなってごめん」

笑顔でこちらへと駆け寄る奈々実は、篤斗の抱えるバラの花束に気付くと、一瞬目を丸くした後、今まで以上に表情を綻《ほころ》ばせた。

自分への贈り物以外のはずがないのに、それでも確かめてくる彼女の律儀さを愛おしく思いつつ、篤斗はそれを奈々実へ差し出す。

「愛する奥さんへ」

篤斗の頰に口付けた後、花束を受け取った奈々実は、花が綻《ほころ》ぶような笑顔を見せた。

「ありがとう」

そう返した奈々実は、大事そうに花束を抱きしめてその香りを楽しむ。

贈り物に戸惑うことなく、素直に喜んでくれる。心の距離を感じさせない、そんな彼女の表情を見られるようになっただけでも、結婚した価値がある。

湧き上がる幸福を噛みしめるように鞄を床に置いて、彼女を抱きしめた。

奈々実が抱える花束を潰さないよう、上半身を乗り出すようにした不安定な抱擁《ほうよう》をすると、彼女から先ほどから部屋に漂《ただよ》っている香りを感じた。

「これはなんの香り？」

花よりも篤斗の心をくすぐる柔らかな香りを味わうように深く息を吸い込むと、奈々実の肩が跳ねた。

「そうだ。料理中なんです」

そう答えた奈々実は、慌てた様子でキッチンへと引き返していく。

一度床に置いた鞄を持ち直し、篤斗もその後を追った。

奈々実に続いてキッチンに入った篤斗は、キッチンのオーブンへと視線を向けて頷く。

「パンを焼く匂いか」

興味津々《きょうみしんしん》といった感じで篤斗がオーブンの中を覗き込む。

そこには、オレンジ色の光の下、ふっくらとしたパンが行儀よく並んでいた。

どこか懐かしさを感じる香ばしい匂いは、なるほど焼きたてのパンの香りだ。

「本当に焼くつもりはなかったんですけど、篤斗さんが食べたそうだったから」

丁寧な手つきで花束をテーブルに置いた奈々実が言う。

――本当に焼くつもりはなかった？

確かに朝パンを焼くようなことを言っていた彼女に、奈々実の作るパンを楽しみにしているような言葉を返した記憶はある。

でもそれは、彼女の発言に対してのものであって、パンを食べたいとリクエストしたわけではない。

それなのに奈々実は、パンを焼く予定ではなかったようだ。

――Bun in the oven……

さっきの新垣の態度といい、なんだかスッキリしない状況を招いているその言葉。なんとなく記憶の奥に引っかかるものはあるのだが、それがなんだったのか思い出せない。

オーブンの中を覗きながら古い記憶を漁《あさ》っていると、背中に温かなものが触れた。

自分の背中に重なる温もりを愛おしく思いつつ、篤斗は自分の腰に絡みつく奈々実の手に自分の手を重ねる。

左手に左手を重ねて指を絡めると、互いの薬指に嵌《は》められている指輪が触れ合う。

「私が今、どのくらい幸せかわかりますか?」

自分よりずっと華奢《きゃしゃ》な奈々実の手の存在を確かめるように手を重ねると、背後からそんな言葉が聞こえてきた。

「奈々実にそう言ってもらえる俺の方が、確実にもっと幸せだよ」

篤斗のその言葉に重なるようにオーブンのアラームが鳴り、そのまま熱を放出する音へと切り替わる。

それを合図に、奈々実は絡めていた手を解いてオーブンを開ける。

「着替えてきてください。パンの粗熱が取れたら食事にしましょう」

部屋には焼きたてのパンの匂いの他に、ビーフシチューらしき匂いも漂《ただよ》っている。

篤斗は鍋掴みを取ろうとしている奈々実の腰を抱き寄せ頬に口付けをすると、着替えをするために寝室に向かった。

暖房を入れていない寝室の空気はキッチンよりかなり冷えているが、それでもこの部屋にも微かにパンの匂いがしている。

――幸せの香りだな。

オーブンの中でじっくり時間をかけて膨らんでいくパン。

その香りを嗅ぐだけでこれほど胸に幸福感が込み上げてくるのは、それを焼いているのが奈々実だと思うからこそ。

そんなことを考えると同時に、篤斗の中で点在していた記憶が一気に形を結ぶ。

篤斗は途中まで脱いでいたジャケットを乱暴に脱ぎ捨てると、慌ててキッチンに引き返した。

そしてそのままの勢いで奈々実を抱きしめる。

「篤斗さんっ⁉」

突然の抱擁《ほうよう》に驚く奈々実に構うことなく、篤斗は彼女を抱きしめる腕に力を込めてしまう。

「何ヶ月？」

感情が昂《たかぶ》りすぎて、それを聞くことしかできない。

それでも言葉の意図を理解した奈々実が「三ヶ月に入ったところでした」と教えてくれた。

「ありがとう」

心の底から湧き上がる幸福感を、その一言に込める。

Bun in the oven――それは、英語で妊娠を表現している言葉だ。

それを思い出せば、さっきの新垣の微妙な物言いの理由が理解できる。

もちろん篤斗だって英語圏内で暮らした経験はあるが、当時の自分の日常からは縁遠い言葉だったので、その意味を忘れていた。

おそらく奈々実は、今の会社の社長から、その言葉を教えてもらったのだろう。

「それならそうと言ってくれれば、仕事を休んで一緒に行ったのに」

腕の力を緩めつつ顔を見つめて抗議すると、奈々実が肩をすくめた。

「だから言わなかったんです。今日、大事な会議があるって聞いていたから」

「確かに……」

そう言われてしまうと、返す言葉がない。

先ほど新垣に、これ以上バカになるなと釘を刺されたばかりだが、少々自信がなくなる。

「新垣さんに怒られるかもな」

さっきは否定したが、これまで以上に彼女を優先してしまいそうだ。

新垣の小言を考えると多少頭は痛いが、そうなったらそうなったで、仕事で返していけばいいだけだ。

奈々実だけでなく、生まれてくる子供のためにも、かっこ悪い姿を見せるわけにはいかないのだから。

奈々実を抱きしめたまま深く息を吸うと、幸福の象徴のような優しい香りが肺を満たしていった。

◇◇◇

夜、不意に目を覚ました奈々実は、自分の体を包み込む温もりに手を触れた。ベッドサイドの淡い照明を頼りに周囲を確認すれば、背後から篤斗に抱きしめられているのがわかる。

奈々実を抱きしめる篤斗の手は、奈々実の腹部に添えられていた。

そんな彼の手に自分の手を重ね、奈々実は生まれてくる子供を愛情で満たしてあげると心に誓う。

愛は毒だと信じて疑わなかった一年前の自分は、もうどこにもいない。

一年前の今日、偶然バーで再会した篤斗に、グラスで切った左手の小指から溢《あふ》れる血を吸われた瞬間、自分の魂《たましい》は決定的に彼に囚《とら》われたのだと思う。

小指から流れる血が運命の赤い糸のように見えてしまうほど彼の愛情に囚《とら》われて、

奈々実の人生は一変した。

再就職を急がず、まずは興味のあることを丁寧に学んでみるといいと篤斗にアドバイスされ、その意見を受け入れた結果、知識だけでなく、これまでの自分では得ることのなかった出会いを手にすることができた。

そうやって得た人脈をきっかけに、今の会社に就職することができたのは、奈々実の誇るべき財産だ。

今の仕事にやりがいを感じているからこそ、妊娠の可能性に気付いてすぐ、まずは社長に相談をした。

女性で自身も出産経験のある社長は、就職してすぐに妊娠した自分は退職するべきだろうかと相談した奈々実を、不思議な生き物に遭遇したような顔で見てきた。

そして「日本では妊娠は罪なの？」と真顔で聞かれて、価値観の違いを思い知らされたのだ。

妊娠は仕事を辞めるようなことではないし、勤続年数に関係なく自分の権利を行使すればいいと話す社長に、会話の流れで「Bun in the oven」という言葉を教えてもらった。

「奈々実の髪、まだいい匂いがする。パンの焼ける匂いが、こんなにも人を幸せにしてくれるなんて知らなかったよ」

いつの間にか目を覚ましていた篤斗が、深く息を吸い込んで言う。

今朝、受診前で妊娠の確証が持てず、咄嗟《とっさ》に「Bun in the oven」と言ってしまったのは、謎かけをするようなその言い回しが可愛くて、奈々実の心に強く残っていたからだろう。

すぐにその言葉の意味がわからず、妊娠に気付くのが遅れた篤斗は少し拗《す》ねていたが、まだソラ豆のような子供のエコー写真を見たあたりから完全に機嫌が直っている。

「Bun in the oven」

奈々実のお腹をそっと撫でて篤斗が囁《ささや》く。

微かに掠れたその声が、幸福を噛みしめているのを感じる。

「いい言葉ですよね」

自分の髪に顔を寄せる篤斗の息遣いをくすぐったく感じながら奈々実が言う。

実際にパンを焼いたのは、篤斗が自分の発言を勘違いしたからなのと同時に、妊娠した喜びに心が弾んでじっとしていられなかったからだ。

「実際にパンを焼いてみて、すごく的確な表現だと思いました」

時間をかけて生地《きじ》を捏ねて発酵させ、オーブンに入れたパンが、香ばしい匂いを漂《ただよ》わせながらふっくら膨らんでいく様は、これから命を育《はぐく》み膨らんでいく自分のお腹のようで、見ていて飽きなかった。

そしてそのパンの焼き上がりを心待ちにしている人たちがいる。

「ゆっくり早く生まれておいで」

なんとも矛盾した言葉を篤斗が囁《ささや》く。

思わず笑ってしまった奈々実も彼と同じ思いだ。

幸せを噛みしめるように頷いて、彼の温もりに甘えるように瞼《まぶた》を伏せた。

書き下ろし番外編
Gift

十二月末のトウワ総合商社、自分専用のオフィスで仕事の電話をしていた篤斗は、ノックの音に反応してそちらに視線を向けた。

見ると返事を待たず開いた扉の隙間から社長の新垣が顔を覗かせ、そのままこちらの返事を待たずに部屋へと体を滑り込ませてくる。

「……」

そのままどかりとソファーに腰を下ろしてくつろぐ新垣を軽く睨《にら》むと、彼は自分のことは気にしなくていいと言いたげに手を振る。

確かに彼はこの会社のボスなのだから、話を聞かれて困ることはない。それでもこれは、マナーの問題である。

短い沈黙に電話の向こうの社員が緊張したのが伝わってきたので、篤斗はなんでもないと詫び、新垣を叱るのは後回しにして話を続けた。

「ブラジルの水戸《みと》君か？」

通話を終えるなり、新垣にそう問い掛けられて篤斗は頷く。

「はい。どうも少し、トラブっているようで」

「そのようだな」

パソコンモニターを見ながら話をするため、スピーカー状態で通話していた。そのため状況を概《おおむ》ね理解した新垣は、顎《あご》を擦りつつ思案を巡らせる。

そんな彼のために、篤斗はノートパソコンを持って立ち上がると、それを新垣の前に置き、向かいに腰を下ろす。

新垣はそれでいいと言いたげに指をヒラヒラとさせると、そのままそれを操作していく。

そしてしばし考え込むと、自分のスマホを取り出し電話を掛ける。

篤斗同様スピーカーモードで電話を掛けるため、通話の相手が先ほど話した水戸であることがわかる。

一瞬席を外した方がいいかとも思ったが、ここは自分のオフィスだし、専務である自分も状況の把握をしておいた方がいいだろう。

そう判断して通話内容に耳を傾けていると、新垣は必要なアドバイスをしていく。いくつかの選択肢を提示した上で最終判断を水戸に委《ゆだ》ねると、彼の背中を押すことを忘れない。

その姿は、さすがトウワ総合商社の長《おさ》といった感じだ。

文句を言うタイミングを逃したと思いつつその姿を眺めていると、通話を終えた新垣がニシャリと笑う。

「寒い日が続くが、子供は、風邪も引かずに元気そうだな」

最愛の女性である奈々実と結婚して約三年、去年の秋に生まれた愛娘《まなむすめ》は一歳を過ぎたが、大きな病気にかかることもなく元気に過ごしている。

「おかげさまで」

そう返してから、新垣の言い方が、娘が元気だと断言していることに気が付いた。

よくご存じで。と小さく首をかしげると、新垣が笑って種明かしをする。

「遠矢が、しょっちゅう写真付きで近況報告をしてくる」

「なるほど」

それは篤斗も苦笑いするしかない。

娘が一歳の誕生日を迎えたのを機に、奈々実は職場復帰をした。

幼い子供を抱えての職場復帰のため、勤務形態はかなり融通を利かせてくれているし、篤斗もできる限りの協力はしている。

それでも仕事をしていればお互い、イレギュラーなトラブルで思うように動けないことはあるし、娘が病気やケガをすることもある。

そんな際は、篤斗の両親が喜んで娘を預かってくれるのでありがたい。

ただもとから専業主婦の母はともかく、まだまだ働き盛りであるはずの父まで、孫娘のために仕事を調整している節があるのはいかがかと思うが。

篤斗の小言に、新垣は「まあ、いいんじゃないの」と鷹揚《おうよう》に笑う。

そしてその話で思い出したといった感じで、スーツの内ポケットを探りながら言う。

「それで遠矢が、奥さんとゆっくり過ごせるよう明日のクリスマスイブは娘を預かろうかって提案したのに、特に店の予約をしてないからいいって断ったそうだな」

「ええ、予定が掴みにくいので、家で過ごすつもりでいました」

ただでさえ年末は仕事が立て込むし、冬場の子供は体調を崩しやすい。そのため、無理して予定を立てずに家族でのんびり過ごすことにしたのだ。

「まだまだ新婚なんだ。それじゃあ、奥さんも味気ないだろう」

やれやれと頭を振る新垣は、ポケットから封筒を取り出した。

「これは？」

「俺からのクリスマスプレゼントだ」

封筒の中身を確認すると、都内有名フランス料理店の予約に関する情報がプリントアウトされたものが入っていた。

「奥さんと行く予定だったんじゃないんですか？」

明日はクリスマスイブ、名店として知られる店のディナータイムに席を取るには、かなり前に予約する必要があっただろう。

篤斗の推測に、新垣が残念そうに肩をすくめる。

「サプライズで用意していたら、向こうもサプライズで他の店を予約していた」

新垣の奥さんも、彼同様気さくでサプライズ好きな御仁《ごじん》だ。普段は、趣味嗜好《しこう》が合うお似合いのカップルだが、今回はそれが裏目に出たらしい。

「なるほど」

そのため宙に浮いた予約を篤斗に譲ってくれるということだ。

納得する篤斗に、新垣が言う。

「これは、お前っていうより、奥さんと遠矢のためのクリスマスプレゼントだ。たまには二人でゆっくり恋人の時間を過ごしてこい」

「なるほど」

確かに孫を預かれる両親は喜ぶし、篤斗としても、久しぶりに奈々実と恋人としての時間を過ごせるのは嬉しい。

「家族でのクリスマスは、次の日でもいいだろう。遠矢へのクリスマスプレゼントと思って、子供を預けてやれ」

そこまで言われてしまうと、篤斗にその申し出を断る理由はなくなる。

素直にお礼を言って、予約を譲り受けることにした。

◇◇◇

「綺麗ですね」

クリスマスイブの夜、奈々実はライトアップされた街並みに感嘆のため息を漏らして隣を歩く篤斗を見上げた。

その声に、篤斗が満足げに頷く。

「新垣さんの気遣いに感謝しないとだな」

ただそう話す彼の眼差しは、街並みではなく、こちらに向けられているのでなんとも気恥ずかしい。

「ですね」

照れつつも、奈々実は素直に頷く。

昨夜、篤斗に今日のディナーを提案された時は、急なことで驚いたし、娘の愛結《あゆ》を彼の両親に預けることにも躊躇《ためら》った。

でも当の本人は、普段からよく預けられていることもあり、至ってご機嫌だったし、彼の両親も孫とクリスマスイブの夜を過ごせることを手放しで喜んでくれた。

娘を彼の実家に預け、篤斗の会社の近くで彼と落ち合うと、久しぶりのお洒落を楽しんだ奈々実の姿に篤斗は蕩《とろ》けるような表情を見せてくれた。

そんな彼と二人手を繋いで歩いていると、新婚時代に戻ったような錯覚を覚える。

だけどディナーの時間まで少しウインドウショッピングでも楽しもうかと街を散策すれば、二人して娘が喜びそうなものにばかり目が留まるのだから、やっぱり自分たちはもう親なのだ。

「そういえば……」

気紛《きまぐ》れに入った北欧雑貨の店でうさぎのぬいぐるみを手に取った奈々実は、愛結のお土産《みやげ》にしようかと考えつつ言葉を続ける。

「今日、母から愛結にクリスマスプレゼントとメッセージカードが届きました」

なるべく何気ないふうを装《よそお》って話したつもりだったけど、それでも緊張が声に滲《にじ》んでいたのだろう。隣に立つ篤斗の表情に緊張が走る。

「……」

奈々実の両親との関係を承知している篤斗が、なんとも複雑な表情を浮かべるので、大丈夫だと首を横に振る。

「愛結に向けて、愛情のこもった言葉を綴《つづ》れるあの人の姿に、父以外の家族に愛情を向けることができるんだと知れて安心しました」

実家の両親と完全に絶縁しているわけではない。結婚や出産といった節目節目には、その状況を報告してきた。

そうすることで、最初は奈々実に対して固く閉じていた母の心情に変化が生じたらしい。

変化の始まりは去年の冬、全国的にインフルエンザが大流行した際に、自分や愛結の体調を気遣うメールが母から届いた。

それに奈々実が返事をしたことで、ポツリとポツリとメッセージのやり取りをするようになる。愛結の一歳の誕生日にはメッセージカードが届き、今年のクリスマスには、母からプレゼントが贈られてきた。

「奈々実はそれでいいの？」

こちらの心情をおもんばかる篤斗の問いに、奈々実は深く頷く。

子供の頃の自分の記憶と照らし合わせれば、母は決してそんなことをしてくれるような人ではなかった。

そんな自分の過去の痛みを理由に、母の贈り物を拒絶する権利が奈々実にはあるのかもしれない。

だけどそうすることで、愛結やこれから生まれてくる愛結の弟妹《きょうだい》から、祖父母の存在を取り上げてしまうことになる。その方が奈々実としては辛い。

「私の愛する人たちを愛してくれるなら、過去を許せるくらい、私は自分の家族を愛しているんです」

その家族には、もちろん篤斗も含まれている。

大人になって、親の庇護《ひご》なく生きていけるようになったのだから、「愛情は毒だ」「愛に溺《おぼ》れて心を乱す母は愚かだ」と、面倒な関係性を放棄して生きていくことは可能だった。

でも篤斗と結婚して子供を産み、少しだけ母に歩み寄ったことで、父があぁいう人でなければ母は親としてちゃんと娘を愛せる人だったのではないかという可能性に気付くことができた。

それは、人を愛することを拒絶していた自分では辿り着くことのできなかった価値観だ。

まるでプレゼントの箱を開けるように、誰かを愛する喜びを知る度に、自分を包む世界が煌《きら》めきを増していく。

「クリスマスはいいですね。なんだか素敵なプレゼントを、たくさんもらえた気分になれます」

それはもちろん、今日のディナーや、母からのクリスマスプレゼントのことだけではない。

有形無形、言葉にできないたくさんの贈り物を与えられて生きているのだと気付かせてくれる。

そんな思いを込めて見上げると、彼は優しく微笑んで奈々実が手にしていたぬいぐるみを取り上げる。

篤斗は、手にしたぬいぐるみを軽く揺らすことで、これでいいかと確認してくる。

奈々実がそれに頷くと、それを手にレジへと向かう。

でもその途中で篤斗が立ち止まり、こちらへと視線を向けてくる。

どうしたのだろうかと歩み寄ると、彼の目がメッセージカードを示す。

つまり、プレゼントのお礼に、母にそれを送ってはどうかということなのだろう。

「ありがとうございます」

彼の提案にお礼を言う奈々実は、メッセージカードを二つ手に取る。

奈々実のその行動に篤斗は一瞬驚き、でもすぐにそっと目を細めて頷く。

二人でそれを手にレジに向かった。

「――っ」

会計を済ませて、店の扉を開けた瞬間、冷たい北風が顔に吹き付けてきた。

その冷たさに肩をすくめて目を瞑《つむ》ると、北風から守るように篤斗が肩を抱き寄せてくる。

「大丈夫？」

問い掛けてくれる篤斗に「ありがとう」とお礼を言うと、彼はそのまま歩き出す。

そうやって二人肩を寄せ合って歩き出すと、街の煌《きら》めきに心が浮き立ってくる。

「怖いくらい幸せです」

奈々実のその言葉に、篤斗が笑う。

「それは困るな」

「……？」

それはどういう意味かと彼を見上げると、篤斗が肩をすくめて言う。

「俺たちはこれからもっと、幸せになっていくんだから」

確かにそうだ。

今日のような輝く日を何回も繰り返し、これからもっと幸せになっていくのだから。

「はい」

奈々実がそう頷いて彼の胸に甘えると、篤斗はその頬に顔を寄せ口付けをした。

憧れの上司・篤斗《あつと》への秘めた想いを諦め、婚約を機に会社を辞めた奈々実《ななみ》。しかしその矢先、奈々実は相手の裏切りにより婚約を破棄されてしまう。残ったのは慰謝料の二百万円だけ……。ヤケになって散財を決めた奈々実の前に現れたのは忘れたはずの想い人、篤斗だった。そのまま夢のような一夜を過ごすが、傷つくことを恐れた奈々実は翌朝、篤斗の前から姿を消す。ところが篤斗は、思いがけない強引さで奈々実を自らのマンションへ連れていき、溺れるほどの愛情を注いできて——!?

\ 無料で読み放題 /
今すぐアクセス!
エタニティWebマンガ

B6判
定価704円（10%税込）ISBN978-4-434-33323-1

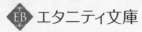

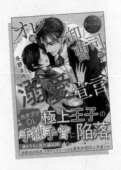

大企業の技術開発部に勤める寿々花《すずか》は、家柄も容姿もトップレベルの令嬢ながら研究一筋の数学オタク。自分には恋愛は無縁…と、なんの期待もしていなかった。ところがある日、そんな寿々花の日常が一変。強烈な魅力を放つＩＴ会社社長の尚樹《なおき》と出会った瞬間、抗いがたい甘美な引力に絡め取られて――!?

B6判　定価：704円（10%税込）　ISBN 978-4-434-31631-9

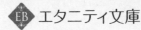

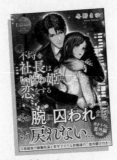

ワーカーホリックな御曹司・昂也《こうや》。彼の補佐役として働く比奈《ひな》も超多忙で仕事のしすぎだと彼氏にフラれてしまう。このままでは婚期を逃がす…!焦った比奈は、昂也を結婚させ家庭第一の男性にしようと動き出す。上司が仕事をセーブすれば部下の自分もプライベートが確保できると考えたのだ。比奈は、さっそく超美人令嬢とのお見合いをセッティングするが、彼がロックオンしたのは、なぜか比奈!? 甘く迫ってくる昂也に比奈は……

B6判　定価：704円（10%税込）　ISBN 978-4-434-30444-6

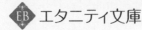

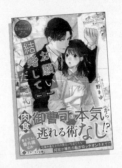

本書は、2022年2月当社より単行本として刊行されたものに、書き下ろしを加えて文庫化したものです。


この作品に対する皆様のご意見・ご感想をお待ちしております。

おハガキ・お手紙は以下の宛先にお送りください。

【宛先】

〒150-6019 東京都渋谷区恵比寿4-20-3 恵比寿ｶﾞｰﾃﾞﾝﾌﾟﾚｲｽﾀﾜｰ 19F
（株）アルファポリス　書籍感想係

メールフォームでのご意見・ご感想は右のＱＲコードから、
あるいは以下のワードで検索をかけてください。

アルファポリス　書籍の感想　検索

ご感想はこちらから

エタニティ文庫

捨《す》てられた花嫁《はなよめ》はエリート御曹司《おんぞうし》の執愛《しゅうあい》に囚《とら》われる

冬野《とうの》まゆ

2024年2月15日初版発行

文庫編集－熊澤菜々子・大木 瞳
編集長－倉持真理
発行者－梶本雄介
発行所－株式会社アルファポリス
〒150-6019 東京都渋谷区恵比寿4-20-3 恵比寿ｶﾞｰﾃﾞﾝﾌﾟﾚｲｽﾀﾜｰ19F
TEL 03-6277-1601（営業） 03-6277-1602（編集）
URL https://www.alphapolis.co.jp/
発売元－株式会社星雲社（共同出版社・流通責任出版社）
〒112-0005 東京都文京区水道1-3-30
TEL 03-3868-3275
装丁イラスト－藤浪まり
装丁デザイン－AFTERGLOW
（レーベルフォーマットデザイン－ansyyqdesign）
印刷－中央精版印刷株式会社

価格はカバーに表示されてあります。

落丁乱丁の場合はアルファポリスまでご連絡ください。

送料は小社負担でお取り替えします。


ISBN978-4-434-33432-0 C0193